# 七つのショートしょーと

なつ野一五
NATSUNO ICHIGO

幻冬舎MC

# 七つのショートしょーと

# まえがき

「命」とは何か。

私は命とはそのもの、それぞれが刻んでゆく歳月だと考えています。それは一秒、一分毎に「生まれて」そして歩んでゆくものだと思います。

この世にある全てには「命」があり、そして全ては尊いと思っています。命とは次に繋がれてゆくものだと思います。それは簡単にパッとそこに現れるものではありません。それこそ遠い長い道のりを継いで、継いで、来た「自他共に大切な宝物」というメッセージを、そしてまた全ての命には限りがあるということを思いやってほしいのです。

私たちも含め、より以前に生きた人たちの、それこそ血と涙と汗もろもろです。

私は人生の後半に入ってきたＰＣの世界にまごまごしている世代ですが、命に対するこの考えには確信があるので、次世代へと引き継いでほしいと思っています。

こんな思いをこの小品に、そんなおしゃべりを書きました。

目次

# 緑川次衛門氏のあした

緑川次衛門氏は朝起きるとすぐ窓を開ける。

彼の住居は二階建てで、彼のベッドは二階にある。だからまず開けるのは二階の押し出し窓である。彼は窓を開けて室内の滞っていた空気と外気とをチェンジするのだ。そして外気を思いっきり吸い込み、たとえ昨日と変わらぬ風景であろうとあたりを見回す。

それは季節の動きを一番に感じる時だ。毎日であっても、隣家の柿の木も我が家の桃の木のさまも微妙に違っている。隣家の柿の木は我が家寄りで、それは若葉が芽吹く頃特に美しい。桃の実はやはり収穫時がいい。

彼の家は結城市の中心部にある。彼がこの市に住んでから二十六年になるが、早いサイクルで田畑や林が失われている。彼はそんな現実を肌に感じながらも、春から夏はウィッチ、チチ、チーンと耳に心地良い小鳥たちの声を聞き、何より天気の良い日はお日さまが全てを喜びのシンフォニーにして彼を包む。この一時《ひととき》、彼はこの上ないしあわせを感じるのだ。

会社勤めの彼は、起床時刻が早朝の時には時間に余裕があるので、押し出し窓に腕をのせてしばらくだらんとしている。少し寝坊した時は、すぐ窓から離れねばならない。彼には扶養家族が二匹いて、奴らが彼の起きたという気配を感じてか、階下で騒がしくオイおーいと呼ぶのだ。彼は長くもない足でドタバタ階段を下り、そして彼らと挨拶をする。

犬の方が先に入り込み、猫は後から家族になった。

彼は一ヶ月程前、妻の七回忌を済ませた。娘たちはまだ独り身だが家を離れている。

妻が病気の気配などなく毎日忙しくしていた頃に、彼が会社からの帰路にある商店街の呼び込みで買ってしまった桃を、家族みんなで食べた。妻は、この桃おいしかったと愛おしそうに種を紙に包んでいた。

次衛門氏はすっかり忘れていたが、彼女は暖かい春の日、庭の比較的日の当たる場所にこの種を埋めていた。その桃の種から育った木が彼女の死後、何度か時期になると花を咲かせ、おいしい果実もつける。

彼にとっては不思議なもので、家の中心にいた「おかあさん」という人は失って初めてその存在の大きさを示した。彼がおどおどまごまごしている内に、娘たちはさっさと子供の位置を卒業したように見えた。

今思うと妻がいた時、娘たちのことも何もかも、家のことは妻に任せっぱなしだった為、次衛門氏から娘たちはずっと遠かったように思う。だからといって彼女というクッションなしの今、急に、その距離が縮むはずもなくである。

情けなくも彼はこの悲しみの中で自分に閉じ籠り、自分だけの世界にいるしかなかった。

そんな中、娘たちといったら、もしかしてこれはリアルといわれる「おんな」というものの強さだろうか、彼よりはるかにしっかりしていた。彼女らは自分たちの悲しみにじっと耐え、次衛門氏を見守ってくれていたのだ。

それは、今時間が経って次衛門氏にも見えてきたところなのだが。

この頃になって娘たちが言うには、母親が死んで初めはどうなるかといった父親の様子を見ていたら、自分の悲しみどころではなく、ハラハラし続け、ただ、父親を見ていたという。そんな中、父は徐々にしっかりとしてきたが、まだまだ心配だった。自分たちは職場の関係ですでに家から出ていたが、この際交代で戻るようにしよう。何しろ全面的に同居すれば、多分、父はわたしたちを頼って、何にもしなくなるのが予想出来る。最悪の場合ボケるかもしれない。彼女たちはあまりにも何にもしないでぼんやりしている父親に戸惑い、考えた。

そして父の性格と今までの状況を見ながら、誰から見ても、父にも自分たちにとっても思い切った辛い選択をしたのだった。

「父さん、何かあったらすぐ来るからね。わたしたち、今まで通り家を出て生活してもいいかしら」と。

次衛門氏からすると思いがけないことで、何と冷たい子供たちだと悲しかった。がそんな時でも、父親の誇りが残っていたのか、単に強がりだったのか、表面的にはそんな感情を抑えて、娘たちの言う通りにした。それでも心の内では、次衛門氏はずっとぶつぶつ思っていた。

家族とは一体何なのか、と。

妻を失った今、残った家族はまとまるべきだ。それは少なくとも、一緒に住むことだと。

でもずっと娘たちのことを仕事の忙しさのせいにして全て妻任せにしてきた身には遠慮があり、ここで強く娘たちに言い出すことが出来なかった。もっと父親らしく、一家のリーダーとして言いたかった。でもこれが父としての我が現実かと全て飲み込んで我慢した。つまり次衛門氏には、この時、娘たちの本当の思いが全く伝わっていなかったのだ。

でも結局、この時の娘たちの判断は良い結果に出て、次衛門氏は娘たちに頼れなくなって、急速に元の彼に戻っていったのだ。次衛門氏には一人でやってみる経験が必要だったのである。

妻はいたって健康な人だった。趣味も多く、友人も多かった。それによく気がつく人で、彼は猫も犬のことも含めて彼女に任せっきりでいた。日本人の一般的な彼世代から前の男のように、彼はお金さえ稼いでくれれば、夫そして父親は務まるものだと考えていた。しかしそうではなかったことを、彼的には妻のそのあまりにもあっけない死で知ったのだった。

妻の最初の変調は今思うと、食卓に表われた。

「この頃食事を作る気がしないわ。だって食べたくないもの」

いつも意欲的にいろいろな料理を作っていた妻が、この頃同じものばかり雑然と出すことに次衛門氏が気づいた頃、妻はこう言い訳めいたことを言っていた。

疲れるのか、よく寝転んでいる姿を見るようになっても、彼には彼女の抱えている深刻さがわからなかった。そうこうしている内に、ふっくらしていた妻が見るからに変化していった。体重を聞いたら、常時どんなにダイエットに臨んでも五十二キロを割ったことがないと嘆いていた妻が、五十キロを割り、さらに減量方向に更新し続け始めていた。

もちろん、この頃には次衛門氏も「早く病院に行くように」と毎日家を出る前に必ず妻に言い渡していたのだが、根が健康で病気知らずだった妻本人は、「ガンバロウ」と思わないとごはんさえ食べられなくなって、歩くのも億劫になって初めて、病院へ行く決心をしたようだった。会社人間の世代の仲間だった次衛門氏は、己の中で会社との天秤に妻の症状をかけて、この時会社を選んでいた。この時点で会社より妻の手をしっかり握っていれば、もしかしてと思う。

しかし彼女が最初にかかった病院の判断は、「どこも悪くない」だった。

しかし相変わらず彼女は食欲がなく、体重は減っていった。

幾つかの病院で、すでに腰と腹の痛みを抱えていた彼女は幾つもの検査、胃カメラ、CT、血液検査、レントゲンも受けた後に、丸顔でいつも笑みをたたえた医師に診察された。彼はメガネの奥のやさしい目で、すぐ入院するように言った。

次衛門氏は家族として、その医師に膵臓癌だと告知された。

「今のところ四センチの腫瘍が膵臓の右部に出来ている進行癌で、転移は見られないです。ただ、難しい場所にある為、癌の摘出手術は出来ないのです。放射線治療も場所的に出来ないので、抗癌剤治療のみになります。最後の最後まで努力はしますが、手遅れです」

幾つ目かの病院で巡り会った、彼女にとって本当の医師になったその人は、次衛門氏にそう言った。

しかし巡り会うのが遅かったと思う。

膵臓癌は発見がしにくく、治療も難しいと情報としては聞いていたが、我が妻がかかるなんてと次衛門氏は運命を呪った。

「あと、どのくらい生きられるのでしょうか」

「治療で延ばせる可能性もありますが、このままだとあと三ヶ月ですね」

次衛門氏は医師との面談を終えると、妻のベッドに行く前にこの気持ちを妻に悟られないようにと、病院のトイレに行った。個室にどのくらいいただろうか。何しろここで自分の方が負けることは、絶対許されないぞと思い、平常を演じて、彼女の前で多分一生に一度の役者になった。

辛い役だった。

次衛門氏にとって妻は初恋の人だった。出会ったのは中学の部活、バレー部で、彼女は彼より一級上で活躍していた。肌は戸外でスポーツを楽しむことが多い活発さの表われか、少し浅黒く、時に見える白い歯が美しかった。誰よりもコートを生き生きと動き回る、いつも元気いっぱいの女の人だった。次衛門氏からはただただ高嶺の花で、憧れているだけの人だった。

学校を経た後、次衛門氏も年頃と言われる年齢になっていた。何度か失恋もしていた。

そんな時、偶然彼女に巡り会った。次衛門氏には、それは偶然ではなかったと思え、まさにイノシシのごとく猛進した。何でもかんでも彼女だ、僕の嫁さんになってくださいと、ただ進んだ。真心と誠意を込めて。

後から彼女の方も次衛門氏が好きだったということを知り、その時こそ舞い上がった。

長男長女の結婚でいろいろあったが、障害を乗り越えて結ばれた。彼女は結婚後も変わらずニコニコ笑っていて、ファイトの塊のような人だった。そんな人だから頑張り過ぎたのかもしれない。

その内、彼女は背中を痛がり、寝返りも出来なくなり、看護師さんに度々痛み止めの薬をもらうようになっていった。次衛門氏の知っている限り、今までに弱音など吐かなかった彼女が、

「自分の私物を整理したいから外泊出来るように頼んで」

と言ったのである。今にして思うとあの時、妻は自分の死を受け入れていたのだろう。

多く黒々としていた髪だったのが、地肌が透けるようになっていた。一泊

の外泊を許され、家の風呂に入り、洗い場で身体をきれいに洗った。骨と皮のような身体を次衛門氏は何度も頬ずりした。そこに彼女と彼の涙が混じった。

「おとうさん、わたしこんな状態なら早く死にたいわ。でも何でこんなに生に執着するのでしょうね」

そしてしばらくおいて、こう聞いた。

「わたしと結婚して良かった？　今でも、あの頃のように変わらず好きでいてくれている⁇」

次衛門氏はしっかり彼女の全てを捕らえるように、強く抱きしめた。

それから彼は妻のいない場所で泣いた。

彼はとうとう彼女に告知をしなかった。

でも彼女はわかっていた。その命が消えることを、もうすぐに。

それでも妻の治療は微妙に行ったり来たりしながら快方に向かっていたように思えた、のに。今思うとそれは、彼ら二人には医師さえわからぬ別れの大きな予感があったのかもしれない。

その死は思いがけなく訪れた。ベッドで寝ていることが多く身体を動かすことがほとんどなかった為と後に知ったのだが、体内で血栓が出来、それが彼女の頭の血管を詰まらせた。それが直接の死因だった。

それまで付きっきりでいたのに、なぜか彼女の異変時、次衛門氏は会社にいた。

「奥さまの容態が急変しました。すぐこちらに来てください」

病院の人の声は緊急を伝えていた。それからの彼はどのように会社を早退し、電車をどのように乗り継いで彼女の傍らにまで来られたのか、まるっきり覚えていない。

彼が着いた時、彼女の意識はすでになかった。そしてそのまま、二度と彼に向かって微笑んでくれなかった。治るという気持ちの方に向かっていたのでよけいショックが大きく、彼女の突然の死に、彼は彼の中の全てが崩れ果ててゆくのがわかった。彼は後悔した。なぜずっと側にいなかったのだろうかと。

本当に悲しい時、涙って出ないのだと思った。元気な時には仲良し夫婦といっても結構言い合いもして、おれの方がこいつより生き延びてやるぞと嫌悪にも似た気持ちと共に思ったことなどきれいに消えてしまって、愛おしさだけになっていた。何日も何週間も元の自分になれなかった。時間はただ過ぎていった。

人を愛することの大きさは、失った時の喪失感に比例する。彼は悲しみの中にいた。後にして思うと、これ程人を愛することが出来た彼は選ばれた幸福者だったのだろう。娘たちも悲しみは同様だったかもしれない。でも彼には、彼女たちに思いをかける余裕なんてなかった。

友人に「おまえのとこに電話したら、奥さんの留守電だったよ」と言われ、その声を何度も繰り返し聞いて、その度に涙を流し、消去出来ずにいた。女々しい自分を意識はしていたが、どうすることも出来なかった。その間のことはよく覚えていない。

猫と犬には、娘たちがごはんと水を、そして、彼らのトイレの管理もやっていたらしい。

次衛門氏がこんな状況から少しずつではあるが立ち上がれるようになったのは、このペットの片方が弱って病気になったのがきっかけだった。

初めの頃、娘たちがこの二匹をそれぞれ一匹ずつ連れていって面倒をみていたのだが、ワンルームで飼えないのを内緒で置いたのがばれそうになった。それに娘たちには勤めもあって、それぞれ朝出て夜まで部屋を留守にする。ごはんはやっているようだが、彼らの健康まで気配り出来かねる。ところで葬式前後から次衛門氏は「休暇届け」を会社に出していた。それまで取らなかった「有給」の「休み」を取った。そんな次衛門氏の家に、猫犬も彼らのもともとの自宅に戻ってくることになった。

猫のピッケは茶虎の雄で、結構雌猫の間ではもてているような顔立ちをしている。飼われて約十年、妻が野良猫だった彼を可哀想だと家に入れたのだ。そのピッケが何やら目から涙とも鼻みずとも思えぬものを出し、いやに元気がなく、バタンとしている。次衛門氏は思った。ピッケは妻の思いがある猫だ。何とかしなくてはと。幸い今、自分は有給休暇というれっきとした時間の中にいる。次衛門氏は妻がピッケ用に買ってあった猫用バッグに嫌がるピッケを押し込めて動物病院に連れて行った。

次衛門氏にとって動物病院に行ったのは初めてで、次衛門氏なりにちゃんと動物病院を検索し、その中でポイントが高い、そして比較的に近所と思えるA病院に駆け込んだのだ。

病院内に入ると、ピッケも彼の膝の上でがたがた震えていたが、次衛門氏も少々緊張してきていた。動物病院の患者たちは皆、血統正しい高価な犬、猫たちらしく、ピッケのような野良はいないように思えた。周りにいるのは、次衛門氏の犬猫知識で、毛なみとかが何となく上品ぽくて、その周辺ではいない種のようで、ここに来るべき猫ランクにはピッケは入れないのでは、と不安も少しよぎった。

次衛門氏には患者たちの種類の名前など全くわからない。ピッケの後に、ご夫婦に付き添われて室内犬だろうおとなしい犬が入って来た。心配そうなお父さんお母さんにしっかりと抱かれている。今のペットは実の子供より子供のようだと彼は思った。

　ピッケが呼ばれて診察室に入る。

　医師はさすがに動物病院の動物専門の医者という手慣れた様子で、次衛門氏がピッケ逃亡のもしもに備えて入れてきた洗濯ネットを少し開けてピッケを診察すると、「結膜炎です」と言った。その他、ピッケはここで体重も量られ、猫も一年に一回は予防接種をしていた方がいいですよと勧められた。今までは多分妻が担っていたのだろうなと思いつつ、この頃自分の記憶への不安で持つようになっていたメモノートにペット欄として記した。

　目薬の入ったピッケちゃんと記入した袋をもらって、診察料とで五、六千円が出ていった。やはり動物の医療費は保険が利かないから高いなあと思いつつ、その目薬のおかげでずんずん治っていくピッケを日々見ていると、そんな思いは消えていった。

そのことをきっかけに、二匹の餌もうんちの掃除も次衛門氏が世話をするようになった。

ペットフードを入れるそれぞれの器と水入れは、食べ残しの餌を始末してきれいにした。

庭にある水道口で、タワシでがさがさ洗って犬猫に食事をあげる。水は毎食毎に入れ替える。でも、ピッケが「忘れたよ」とよく台所で直に蛇口から水を飲み、お風呂場では溜まり水を飲んでいて知らせてくれたこともあった。

そんな時次衛門氏は、ごめん、ごめんと新しい水をそれぞれの水入れに入れた。次衛門氏は必ず二匹を同じに扱うようにしていた。だから忘れた時も、そうでない時も二匹は同じ状況に置かれたのだった。

忘れたことを指摘するのは、決まって猫のピッケだったが。

最低毎食時に飲み水を入れ替えた。飲み水は、ピッケも犬のアイアンも人肌を好んだ。ピッケとアイアンはとても仲が良く、いつも二匹でいたので、初めは妻が拾ったピッケに主《おも》に気を入れた偏愛になっていたが、いつの間にかアイアンの世話も積極的にやっていた。今までに犬を飼ったことがなかったということも、飼った経験のある猫より親しむのが遅れたのかもしれない。アイアンはずっと室内で飼っていたのだが、気力が少し出てきた次衛門氏が廃材で犬小屋作りに挑戦したら、意外に娘を始め知り合いに素晴らしいなどとおだてられ、アイアンは一国一城を賜ることになってしまった。多分アイアンは、ピッケと共にいつまでも室内犬でいたかったのかもしれないが。

アイアンは下の娘が願って飼った柴犬だが、彼女が世話をしたのは飼い始めの頃で、やがてまあ「時には彼女もする」になっていて、日常的に妻の係になっていた。そういう意味ではアイアンも、妻の残していってくれた宝だった。

だからかピッケに劣らず愛おしさはあったが、馴染みがなく次衛門氏はずっと猫の側にいた。

健康も取り戻しつつあった次衛門氏は、アイアンを外で飼うようになって、今までよりアイアンと散歩をするようになっていた。

前は一日に一回、しかたなくアイアンの為と思っての散歩だったが、今は朝晩の二回になり、難なく行けている。気づくと彼は、すっかり元の彼に戻っていた。

歩くことは健康に良いとよく聞くが、次衛門氏は自分でこのことを証明したようだった。

アイアンと散歩していると、今まで話したこともなかった近所の若い奥さんから話しかけられ自分でも思いがけなくドキドキしたり、犬が共にいなければ出来なかっただろう子供の側に行って気楽に話せたりもした。犬を連れた犬仲間から犬の病気や飼う上でのちょっとした注意なども教わったり、日常のぐちを言い合ったりもした。

次衛門氏の両親は子に頼らず田舎で二人で生活していて、でも淋しいと最近犬を飼い、田舎に帰ると次衛門氏は犬を散歩させる役を引き受けていた。父と一緒に散歩をした。田舎道だったので犬がもよおす時、畑のあぜ道にまあいいやという安易な思いで、そのモノを置き去りにしたことが次衛門氏にはあった。しかし自宅の私道の先に同じモノを何度かされ、初めてそれは自分の問題になった。あぜ道だとしてもそこにそのモノを見つけた時、誰でも嫌な気がするだろう。人は自分が受けることでその深刻さを知るみたいだ。それで次衛門氏は今、アイアンと散歩に行こうとする時、必ずアイアンのモノを取る掴みばさみと袋を持ち、また、臭い消しにと水をペットボトルに入れて持った。散歩を続けていると、人前では持ち帰るふりをしながら隠れた場所にそれを捨ててゆく心ない飼い主を見た。そんな時は自分の内にもある嫌らしさをそこに見たようで、そういう日は一日中、心がすっきりしなかった。

早朝の散歩も会社を終えての散歩も少しパスしたい日もあったが、人との出会いのメリットと、何よりアイアンの唸り声が次衛門氏に散歩を続けさせた。

娘たちも父親任せにせず、結構帰宅して、食事作りや猫犬の世話も代わってした。

結果、この頃では妻のいた時より次衛門氏は娘たちと話すことが普通になってきていた。

その時の話題は大体が我々のおかあさんの偉大さに終始してはいたが。

そんな中で次第に、妻は次衛門氏の心の中の人になっていった。

夏日の日曜日は、天候を見ながらではあるが、次衛門氏は彼ら二匹のシャンプーの日とした。ノミ取りシャンプー剤を丁寧につけ、一匹が終わると少し休み、もう一匹に。しかしこの作業で特に二匹を一度にするのは大変で、これは後に、それぞれの専門家に連れて行くことになった。どちらか一方だけに、は、次衛門氏はここでもこだわったのだ。

おかげで、二匹は見違えるように変身した。

立派に、上品に、美しく。やはりプロだ。トリマーさんの技量だ、と思った。

次衛門氏は、彼らのシャンプーをしている時に癒やしをもらっていた。それで、ずっと自分で彼らのシャンプーをするつもりでいた。でも寄る年波か、腰とかに危機感を抱いたのでプロに託したのだが、彼らにも良かったみたいだった。

七月の七夕を終えた頃だった。朝の天気予報で「今日は雷雨があります」とアナウンスしていた。次衛門氏は折りたたみの傘でなく、いつものように長くて重いしっかりした出来の昔風の傘を持って家を出た。

昼過ぎに、予報通り雷が鳴り、激しい雨が降ってきた。それは次衛門氏が考えていたよりはるかに長くそして激しく、かなりの度合いで雷はピカピカごろぴかごろごろと鳴り続けた。

次衛門氏の作った犬小屋は彼の庭の乾いた位置に置かれていた。犬とて野生を持った生き物だとして、次衛門氏宅に何らか近づいた人にアイアンが悪さをするかもしれない。それで他人さまを防御する囲いを、と次衛門氏はまた自分なりに工夫したアイデアでその犬小屋の周りを巡らせ、アイアンの心地良い場にと虫よけの網でおおった。アイアンに犬小屋での生活はストレスだったのか、彼は小屋の付近に穴を掘るようになっていた。それがアイアンのストレスからとは、その時、次衛門氏には見えなかった。次衛門氏はその度に、アイアンが幾つ穴を掘っても、ただ、ひたすらにスコップを持ってきて埋めた。アイアンはよく仕事を作ってくれるよ、とぼやいた。今回はその穴を埋めるのをうっかり忘れていた。雨水が溢れていた。早速次衛門氏は水をかき出して、穴に土を入れた。アイアンはそんな時、次衛門氏を遊び相手にしようとするので、犬小屋から出しておいた。鎖でしっかり繋いだはずが、はずれた。アイアンは解放されたように玄関から外へ向かった。

「アイアン、戻っておいで」

アイアンはあわてて自分を追いかけてくるご主人を遊び仲間のようには

しゃいで後にした。

えらいことになった。もう姿が見えない。次衛門氏は他人さまに何か問題をしでかしてはと直ちに保健所に捕獲をお願いした。何しろ鎖が外れたことは次衛門氏のミスなので、電話の向こうの保健所の人にひたすら詫びた。

アイアンは一体どこへ行ってしまったのだろう。ピッケはそんな日も相変わらずの食欲だった。

次衛門氏は時間を作ってはアイアン探索にあてた。しかし、何日経ってもアイアンの消息は掴めなかった。誰か犬好きの人の家に置いてもらっているのかな。アイアンは結構あれで可愛い顔をしていたし、おとなしい犬だったし、人慣れする性格だったから。

日にちはずんずん過ぎていった。

娘たちも散歩道を中心に捜してくれた。

「父さん、アイアンの似顔絵を貼って捜そうよ」

絵を描くことの好きな次女は、スケッチブックにアイアンをたどりながら写真とにらめっこだ。

「でもどこへ貼るのよ」

ボランティアで活動している長女はそういう事情に詳しい。

「父さん、町内会の掲示板に貼れるように交渉してね」

次衛門氏は初めて貼り紙をすることに規制があることを知った。どうも町の美化の為らしい。きれいな町はいいことだが、少し手続きが面倒らしい。

ピッケも相棒の不在を遅まきながら感じてか、アイアンを呼ぶように時々長く鳴いた。

一度保健所から「それらしい犬がいました」と連絡があって娘たちと三人で駆けつけたが、アイアンではなかった。

いつしか木々は秋色に染まり、台風の季節は過ぎ、それでもアイアンの行方はわからなかった。

もう諦めかけていた。

だがこの思いが天に通じたのか。

次衛門氏は、何しろそんな訳で、ずっと散歩をしていなかった。しかし歩くことが好きになっていたので、それにもしかしたらという諦め切れない思いがあって、アイアンと歩いたその散歩道を一人で毎日一回ではあるが、歩いていた。

犬友達には早い段階で訳を話し、協力を求めていたのだが、その中で言いそびれてしまっていた人たちもいたらしく、何事もなかったかのように、

「今日はアイアンちゃんどうしたのですか」

と尋ねる人がいた。

その人の話によると、アイアンによく似た犬を見かけたという。その家は結城市のここから少し離れていて、息子さんとご夫婦でくらしているらしい。その家でアイアンによく似た犬はごはんをもらっているようだ。次衛門氏はこの頃の、例のメモノートをポケットから出し、そこにその家の大体の位置とかの地図を描いてもらった。

次衛門氏の家庭では妻にほとんど運転を任せていた。彼は俗に言うペーパードライバーだった。運転免許証はあるのだが、取っただけだったので、ここはいつものママチャリで移動する。思ったらすぐの人、次衛門氏。この日は長期休暇中にいた次衛門氏ならではの、彼の日曜日になっていた。

自転車は小回りもきき、慣れない自動車運転よりははるかに効率的だ。駐車時の心配もなく便利だと次衛門氏は考えていた。もちろんあたり前のごとく道に迷ったが、聞き、聞きして何とか、その日は駄目だったが、何度か、何日かこころみてやっとそれらしい家を見つけ、訪ねた。その家は結城市に隣接している本町市にあった。

　ここまで突き止めたのに、次衛門氏には、迷いがまだまだ湧いてくる。アイアンだとしたら、なぜここにアイアンがと思いつつ、その家人に出来るだけ気づかれない場所で、観察とかをしてから、決心しその家の玄関に立った。足は震えていた。

　鉄筋住宅で正面に駐車場があり、二台の車が置かれていた。よく刈りこまれたツゲの木が門に沿って植えられていた。

「犬は三日飼えば恩を忘れずという。アイアンならおれがわかるはずだ」

　アイアンらしい犬は主人らと家の中でくらしているらしく、犬舎らしき小屋はその家の庭に見つけられない。次衛門氏は「飼われているとしたら」と考え、迷いの中で、その犬がアイアンで自分を主人と認めたとしても、今の飼い主との間でこれから起こるかもしれないトラブルについてこの時初めて考えるに至った。

幸い、アイアンらしき犬は可愛がられているようだし、むしろアイアンと確認する前に、アイアンにこだわらず、このまま自分が姿を消す方がいいのではないだろうかという思いに傾いていくようであった。

よく考えると前もって電話もしてない自分のせっかちさが浮かんだ。そういえば電話番号も知らないんだ。でもこの時、例によって「先ず、飛び出す」性格がその玄関のドアのチャイムを押していた。

家人は今在宅だろうか。

訪問を告げる為に押したチャイムは、今の住宅ではあまり見かけない引き戸の玄関に付いていた。

押しながら、その時もまだ帰ってしまおうかと迷っていた。出てきたのは次衛門氏世代のような男の方で、やはり今日がお休みで家におられたという感じだった。

電話もせずいきなりの訪問を先ず詫びてから、犬のことを正直に丁寧にかいつまんで話してみた。正直に話したことが相手に好感と聞く耳を持たせてくれたようだった。迷った思いは家人に感じるものをもたらしたらしく、家人は犬を呼んだ。

「アイアン？」

次衛門氏は出てきた柴犬に呼びかけた。アイアンが体全体でしっぽを振り、うれしさを表し、走ってきて飛びついた。

「アイアン、アイアン」

アイアンは次衛門氏から離れない。

その頃、そこの家の主婦と思える方も加わって、じっとこちらを見ていたが、このご夫婦共にアイアンにとても淋しそうな眼差しを送ると、納得しようとするように、

「今すぐ連れていかれますか」と尋ねてきた。

「連れて行きます」

その時次衛門氏は顔、手かまわずペロペロなめまわすアイアンを抱きながら答えた。

それから話を聞くと、田中さん（アイアンを引き受けていてくれた家族）の息子さんが迷っていたアイアンを連れてきたのだという。田中さん宅ではその少し前、息子さんが小さい頃からずっと飼っていた犬を亡くしたばかりで、まだ次の犬を飼う気はしなかった時期だった。

何かの縁と、もし飼い主が見つからなかったら引き受けようと、何しろお

預かりしているという気持ちで、でも飼い主を捜そうとしなかったのは、本心は家族全員もう最初から手放せなくなっていたからだと告白した。そしてこうも話した。この頃ではこのまま飼ってしまおうという話も出ていたと。

そんなこんなでひとまずお礼を言って、単純な次衛門氏は喜び勇んで、自転車のハンドルの安定をとりながら、アイアンの手綱に合わせてほとんど歩いて帰宅した。

「おまえは犬なのに自分の家もわからないのか」

帰路、次衛門氏は何度もアイアンに言う。

アイアンは田中さんの息子さんに見つけられた時、深い傷を負っていたという。田中さんは見ず知らずの犬を動物病院にまで連れていってくれ、その後も手当してくれ、長く家で世話をしてくれたのだ。誰でも出来ることではない。何と言って感謝していいかわからない。

家に帰ったら安心したのか、アイアンは伸び伸びと体を長くすると寝転んだ。

さすがに今日は犬小屋にとは考えられず、次衛門氏は新聞紙を玄関から続くホールに広げて、そこに水と餌を置いた。どこからかピッケがぬすっと現れた。そして、アイアンの側に場を占めた。二匹は何事もなかったかのように一緒に眠っていた。

田中さんとは以後親せきのようになった。実は田中さんの息子さん（三郎さん）がこのアイアン帰宅の翌日、次衛門氏宅に現れた。息子さんにとっては凄くショックの急なアイアン消失で、三郎さんは会社から帰るなり、なぜ自分を待っていてくれなかったのかと両親をなじった。その日はもう暮れて不可能と思い、翌日、早めに職場を切り上げて、次衛門氏宅を目ざした。何しろ彼にはそれしかなかった。しかし三郎さんは出迎えたアイアンのいかにもゆったりした様子を見て、アイアンを撫でたり見つめたり、語りかけて納得したようで、帰っていった。そしてしばらくして後に保護犬を飼い、その犬を連れて次衛門氏宅を訪れるようになった。アイアンにとって三郎さんは命の恩人であったが、その時、亡くした愛犬を思い深く落ち込んでいた三郎さんにとっても、アイアンは救いの主であったのだ。次衛門氏と三郎さんはそれぞれの犬を連れてよくお互いの家を行き来する仲良しになった。それは、やがてそれぞれの家族も伴って交流していった。特に次衛門氏の次女と三郎さんは気が合い、時々二人で絵画展とかにも行っている。

次衛門氏は今日も散歩に出かける。犬と猫の世話をする。アイアンが戻ってきてからは娘たちも安心したらしい。

連れ合いを亡くした寂しさは時として次衛門氏に深い静寂な闇をもたらし

たが、妻は生前よりもぴったりと彼の傍にいてくれているような気もする。ピッケやアイアンが時に次衛門氏の手をなめ、そのふさふさとした体に触れる時、甘える仕草、その眠りのさまも、その全てペットたちとのふれあいのおかげで元気に過ごさせてもらっているようだ。

ピッケはこの頃、次衛門氏の食べている肉などを欲しがってチーズや人間が食べている食物をもらった結果、贅沢になり、キャットフードを吐き出して拒絶しだしたし、アイアンは例によって土を掘って、次衛門氏は相変わらずスコップで穴埋めをする。でも彼らのする何かが次衛門氏を慰め、日々に活力をもたらしている。誰だって自分を必要としてくれるダレカの為に生きている。次衛門氏の思いは凄くゆったりとではあるが、ナニカからダレカに育って、それは、今隣人から地球規模への思いやりにまで向かっているようだ。

今日は町内会の掃除の日だ。妻が生きていた頃はこれも妻に任せて自分は全く参加しなかった。それを今、次衛門氏は生き生きとこなす。あんなにやる気がなくなり、ぼんやり過ごしていたことが嘘のようだ。今の次衛門氏のほんの少しの妻への後ろめたさは、この「元気」かもしれない。

次衛門氏はあしたを考えて生きるより今を生きる。あしたは必ず来る。そしてその日は同時に、自分が妻のところへ行く日かもしれない。人はどんなに愛した人ともいつかは別れなければならないのだと知った。

次衛門氏は、町内会の掃除時に配られたペットボトルのお茶をうまそうに飲みほした。

# 椿

それは椿の木だった。

つばきはその家が建てられた時、家の敷地の庭に植えられた。その頃《ころ》、家の周りは畑ばかりだった。俗にいう野中の一軒家だった。だからまともに風が、雨がつばきに向かい、時には、強く長く果てしもない苦痛をくらわせたけど、普段は風も雨も極めてやさしく心地良くいてくれた。毎日、毎日、つばきは大好きなお日さまに包まれていた。

しかし、いつしかその家の周りに一軒、そして一軒と、つばきのお家より高い、そしてより高い建物が建った。つばきは恋しいお日さまを求めて、上へ、上へ背を伸ばした。

生きたいよ。咲きたいよう。

この真紅の我が身を、お日さまよ、見て、見てというように、つばきはずんずんずんずん背を伸ばした。春、夏、秋そして時に過酷な冬、台風とか大風、大雨それに何より、どんなに背伸びしても追いつけない、ずうっと高い、マンションとかいう建物がつばきの家の周りに競うように建ち、お日さま第一の椿の木にとっては厳しい状況になっていった。

その家には「じろうさん」と奥さんから呼ばれている、それなりの風袋の三十歳位のだんなさまがいた。奥さんは少し可愛いかなと、その頃、大体つばきは思ったものだった。そんなご夫婦が住んでいた。

奥さんはお花が好きで、いろんな植物を椿の木の周りに植えた。つばきは、植えられて一年位で去っていく草花を好きになることが出来なかった。別れが怖かったのだ。とても、辛かった。でも同じ時期に植えられた木蓮には友情を感じていた。木蓮は草花のようにすぐにいなくならなかったからだ。木蓮はウットリしてしまうような美しい大きな白い花を毎年咲かせていた。木蓮とつばきはすぐにお友達になった。周りに陽を遮る建物が出来るまでは、木蓮は元気そのものだった。その頃つばきが話せる相手は木蓮で、木蓮もまたつばきだった。つばきはこの庭にどうして来たか誰がつばきを植えたか、とか、木蓮もまた、その純白美ゆえの黄ばむ悩み、木蓮のつばきへのやさしい気遣いとか、たわいのない会話をしながら、日だまりの中、つばきと木蓮は過ごした。

つばきがお日さまの光が届かなくなったと感じるずっと前から、つばきはそんな木蓮の異常に気づいた。木蓮もまた気づいていて、つばきにお別れを言った。それから木蓮は高い背丈としっかりしていた幹を持っていたのに、まさに、あっけなく溶けるように姿を消してしまった。多分木蓮はよりお日さまの力がなければ生きられない命だったのだろう。それからつばきは、もうお友達を求めなくなった。

ご夫婦にはお子さんが一人、二人と生まれた。

上の子は少しご主人の方に似て、下の子は奥さんに似て、二人とも男の子だった。二人の子はよく弘ちゃんという子供と三人でその庭の地面に絵を描いたり、花びらを絞って赤、藍色、紫などの色水を作って遊んでいた。その時落ちていた椿の花びらから紅い色水を作ったこともあった。

年月が過ぎ、その家は建て替えられることになり、椿も切られることになった。つばきの思いを知る人間もいた。しかし椿の木を救うことは出来なかった。

つばきは少しでもその次の生への希望が持てないように切られた。根っこのあたりでバッサリと切られた。

つばきの悲しみとつばきの叫びは、まだその年の花を咲かせられない残暑の厳しい九月某日に切られたことで増幅されたようだった。残骸の枝は重なるように無造作に積まれ、枝の重なりから何かを発していた。

在りし日のつばきの花は、風雪に耐え、ひたすらお日さまに恋していた。お日さまお日さまと隣家の二階のベランダまで伸び続けた椿の木。


在りし椿の木のてっぺんのあたりに沿って賃貸マンションの二階の出入り口側の通路があった。その建物に弘ちゃんたち家族は住んでいたことがある。弘ちゃんはすぐここから越すのだが、弘ちゃんはよくここに帰ってきていた。

もう弘ちゃんはこの頃より大きくなっているが、これはその頃の弘ちゃんのエピソードだ。

弘ちゃんだけど。

つばきさんが見たくて、学校帰り、外の階段からお隣のマンションの二階の出入り口にランドセルを置いてそのあたりで遊んだの。初めはね。そしたらここにいたの。つばきの花がね。

弘ちゃんは「変な子」だってさ。みんなが言うんだ。

気づけば道バタにどっかと座りこんでいたりしてね。

わずかに残されたような都会化した土地の隅っこに遠慮がちに咲いている草花をじっと見ている子なの。みんなこまった子だと言う。お父さんも先生も諦めているんだ。

寒い時期、心もかじかんだ弘ちゃんは、大輪の真紅に出会ったよ。とても、うれしかったし、じっと見つめていた。弘ちゃんのママはね、いないの。弘ちゃんのうっすら覚えているママは、紅の大きな椿の花のような人だったような、そんな気がする。

つばきさん、君はずっと頑張っていたね。すごい頑張りやさんだ。僕は君が大好きだったよ。

弘ちゃんは、多分えらい人にはなれそうもないけどさ。普通のね、普通のね、「大人」になるよ。そして君たちを守るよ。指切り、げんまんするよ。きっと僕はお花を、動物を、お友達にする大人の人になる。そして自然を、君たちつばきさんも守るよ。

許してね。つばきさん。

人間は本当に自分かってだよね。

弘ちゃんは椿の木の「いた」あたりに、第二の「椿の木」みたいになって眠り込んだ。

夕日も沈み、大人たちが弘ちゃんを捜して騒ぎ出していた頃にも、まだ弘ちゃんは安心しきって眠っていた。

# ペットたちとわたしの物語

わたしは現在、日本や他の国でも少し前の時代においては「足手まとい」の人間とされていた年齢で、なお日本においては「姥捨て山」というところに余裕で連れて行かれる年齢の七十四歳です。つまり人生をそれなりではあるが歩いてきて、ほとんどの時間を費やした年齢です。そんなわたしが、今これまでの過去を振り返り、身近な動物たちとの関わりを思い出しながらここに書いたのがこの作品で、特に後年になって関わった二匹の猫たちとの交流を主に、大きな愛をいただいた経験をそのままここに、彼らへの感謝を書いてみました。そして、そこには所々に、現代社会への少なからぬ疑問も問いかけました。

**記憶一**

わたしは農家で育った。わたしが幼い頃（昭和三十年頃）、わたしの周りにはごく自然に犬も猫もいた。

その頃は今のように、犬や猫は家族というより地域的に仲間で、わたしの近辺には、自由な雰囲気の中で彼らがいたように思う。

中学生の頃、わたしの学習机は家の西側のガラス戸を開けると庭という、二畳程の縁側（廊下）に置かれていた。わたしの机は現代の学生向けの学習机よりシンプルだった。向かって右側にのみ引き出しが連なり、左側は支えという作りだった。その引き出しの下二段にはほとんど物が入っていなかった。ほとんど空いていた下二段の引き出しに、仔猫たちが出たり入ったりしていた。その仔猫たちは我が家だけでない、多分周辺で生まれた猫たちだった。

わたしの机と同じ廊下には使い古された箪笥があった。机と箪笥の位置は、廊下の長さ四メートル位の両わきにあった。わたしが座ると、背中方面に箪笥はあった。

箪笥には主に、我が家に働き手として来てくれていた出稼ぎの人たちの仕事着が収納されていた。彼らは当時東北地方から積雪の多い冬の時期に季節労務者という呼称だったと思うが、我が家を含め周辺の農家に働き手として来ていた。

わたしが机に座った時、その机の引き出しの一番下とその上あたりの引き出しに仔猫たちはいた。そこは彼らの遊び場だった。

仔猫たちは、結構な数いたような気がする。

当時のわたしには特に可愛がったとか、お気に入りなどの猫はいなかった。通常、家の中ばかりで過ごしていたわたしの日常だったので、外に繋がれていた犬はその頃のわたしにとっては、目の届きにくい遠い存在だった。それに関心も少なかったわたしは、猫よりもなお、犬には心が向かなかった。

そのように彼らに関心を持たなかったわたしだから、彼らが我が家、また周辺にいつ頃からいつ頃までいたのかとかも、わからない。

後年、勤め始めた頃、多分その日、わたしは微熱があり、職場を休んで布団の中にいた。夜、庭の犬小屋に繋がれていた犬（名前も不明）が眉間を斧で割られた時の「悲鳴」が生々しく今、蘇る。それは今思うと凄い事件があったのだろうと推察出来るが、わたしには大変な出来事としての記憶になっていないのだ。過去に通り過ぎていった出来事の一件とだけで、淡々とした「過去」となっている。何しろその頃、わたしはそれどころではない重いいろいろな問題事《ごと》を抱えていて、さまざまありすぎてか、家の犬の事件を追う余裕もなく、記憶からも消えてしまっていたのかと思われる。

わたしが生まれる前か後かは定かではないが、我が家に「まる」という犬がいた。彼はネズミを捕るのに長けていたらしい。記憶のおぼろなわたしでも今も彼の名前を覚えているのは、それだけ我が家の人たちがまるとそのエピソードをある頻度で噂していたからだと思う。まるは我が家の人たちの印象に残る犬だったのだろう。

まるは我が家では英雄だった、とわたしには思われる。当時犬も猫もネズミを駆除する為の家畜として飼われていた。まるの仕事もネズミ捕りだった。まるはネズミを捕る技に優れていた。多分他の犬、猫より多くを捕えたのだろう。

仕事は出来たのだが、運悪く捕えたネズミがすでに猫いらずという毒を食べていた。それでネズミ捕り上手だったたまるは死んだ。

その頃、ほとんどの農家では多分、「ぽっとん便所」だった。その便所に猫が落ちるということが度々あった。その頃、我が家の洗濯は家に沿って流れていた小川で行われていた。小川には頼りなげではあるが、橋がかかっていた。洗濯ものと同じようにその橋に膝を立て、便まみれのそれらの猫もしばしば洗われていた。わたしはそれを見ていただけだが。その頃の猫たちはそんな出来事も日常として生きていた。

犬と猫とで思い浮かべる出来事は、体の大きさにおいてははるかに劣る猫が大きな犬を一撃でやっつけた事件かもしれない。しっぽがすらりと長くアニメから飛翔したような、そして気の強い猫だった。

どうしてか我が家に飼われた犬たちは強さからは離れていた。まるも含めて、犬はやさしく、お人好しで、おとなしい。ひきかえほとんどの猫たちはしっかり者で、気が強いという印象だった。この犬を負かした猫は雌で三毛だったような気がする。

子供の頃、わたしはおばあちゃんのいる炊事場に多くいた。そこにはへっつい（竈《かまど》）があり、鍋がかけられ、燃し木とそのくずを入れる収納庫もあり、そこは結構な広さがあった。燃し木とそのくずが積まれた場所は、ふんわりと暖かい布団のような感触だった。そこで猫が何匹か子を産んだ。そのことは鮮やかな印象でわたしの中にある。それは今にして思えば、わたしにとって実際的性教育だったのかもしれない。なぜならわたしはお産や子供がどこから誕生するかを人から聞く前に、自然に知っていたからである。

その時の雌猫は二匹だった。一方は老齢で、もう一方は多分初産のような若い猫だった。今時はSNSとかですぐに投稿され、動物たちが自分の産んだ子でない子供を世話する姿とかを画面の向こうではあっても見ることがあるが、わたしは直に、子供の頃まさにそれを見ていた。年かさの猫と初産猫の助け合いを見ていたのである。おっぱいの出ない年かさの猫の子らに、若い猫が自分の子も他の子も分け隔てなく、その乳を与えて育てていた。二匹の「親」のいるファミリーが、そこにあった。その時見守っていたと思える、広くはわたしたち「人」も、一緒に彼らの「家族」だったと思う。

確かわたしの兄が、その猫たちのくつろいだ姿を一枚のフィルムカメラにおさめていた。その写真は結構な間、我が家に飾られていた。

静岡県富士市でいちご栽培農家をしていた我が家は、当時まだハウス栽培が普及していなかった頃で、高冷地栽培方法を行っていた。高冷地栽培方法とは、自然の立地条件を利用して高冷地などに作物を一時移動し、また、露地に戻すという農作物育成の方法である。

それにより本来のその作物の時期をずらして生産出荷することで、作物の商品価値を高めることが出来る。それを目的とした栽培方法だ。

我が家と周辺のいちご農家は、富士山の二合目にいちごを一時期移動させていた。

本来、動物とは自由で、猫も同じである。彼にとっていちご畑も遊び場だったに違いない。しかし人間たちにとってはそこは生きる糧を得る場だった。

ある猫がいちご畑でいたずらをした。それでその猫をいちごの移動時に一緒に連れて行ってそこに放し、置いてきたことがある。人家のあるあたりということは配慮したらしいが。

わたしも幼い頃、何度か父の運転する耕耘機《こううんき》に繋がれたリヤカーの隅にいちごさんたちとご一緒し、富士山に行ったことがある。今思うと考えられないような移動手段だった。富士山への凸凹道をガタガタと上りそして下りた（まだ舗装されていなかったのだろう）。

ある時は、雷と激しい雨の中、家族たちはずぶ濡れで家路を急いだこともある。

その高冷地で放したいたずら猫が、富士山からどのようにしてか、さまざまな苦労のすえだろう。その途中には車の激しく行き交う国道も横切らねばならなかっただろうし、もっともっと大変な場所を駆けて、駆けて、来なければならなかったはずなのに、多分何ヶ月もかかって帰ってきたのだ。

あれから歳月を経た今のわたしであれば、この猫に「さま」を感じる。そして手を合わせ手厚く保護し、抱きしめ「よく帰れたね。ごめんね」と詫び、その苦労をねぎらい、そして愛して、ずっと自分の側に置くだろう。

つまりわたしの場合は、年月を経た効果で生き物にやさしくなれたのである。人によってすでに子供の頃からやさしい人もいる。やさしさもそれぞれだと思う。わたしは「幸い」猫捨ての犯罪に関わっていなかった程度の子供だった。その頃のわたしは、もし捨てることを事前に知っていたとしても、その深刻さはわからなかったと思われる。だから「反対する」の発想はなかっただろう。大人たちにもなかったと思う。「生活でいっぱい」で猫への思いやりはなかったと思う。

他にも、犠牲猫がいる。富士山から帰って来たその猫かどうかはわからないが、わたしたち子供グループでしでかしてしまったことがある。

帰宅後、わたしたち子供は適当につるんで遊んでいた。多分、わたしが小学校低学年か、より低年齢だった頃、グループの誰かが、一匹の猫のしっぽを彼の家の煤けた天井から紐で縛って吊した。そこは彼の家の水場で、台所と樽桶の湯船があった。

その猫はその時、長く格好良かったしっぽを失ったのだ。

わたしの記憶はそこで、ぶつぶつに途切れてしまっている。

自分も含め「人」に対して非難、叱責している訳ではないが、人間には凄くやさしくきれいな心があると同時に反対の心もある。

特に子供においては時として考えがなく残酷である。

人その人もやさしさと反して、残酷で醜く、救われない部分も併せ持っていると思うのはわたしだけだろうか。

現在でも、人中心の世界は変わらない。

しかしこの地球は、わたしたち「人」オンリーの「すみか」ではない。猫だって犬だってもちろん、他の生き物たちにとっても「すみか」、住居なのだ。

わたしたち人は、けっして彼らの「上」ではない。彼らとまるっきり同じ背丈なのだ。

母なる地球の住人において、わたしたち人と彼らはまさに対等なのだ、とわたしは考えている。

**記憶二**

わたしは静岡県で生まれ育ったが、横浜に嫁いでいた叔母の紹介で、叔母の近所に住んでいた主人と縁があって結婚した。そして神奈川県の住人になった。若かったのか、わたしは、家を離れることに何の抵抗もなかった。

嫁いで初めての冬だった。静岡の実家では全く経験しなかった雪に感動した。その雪で庭も生け垣も埋もれた。家の前から広がる銀世界が見られた。次の日の朝も降り続いた雪に、ただ感激した。新しい生活にも慣れ始めていた。

そして三年後、息子を授かった。わたしが子育てで一番重要視していたのは「思いやりある人間に」という点だった。何の根拠もなかったが、そんな人になるには多分、動物の力が必要であるとわたしは思っていた。

息子が幼稚園に入る前だったか、息子と手を繋いで近所を歩いていた時、わたしたちの進行方向を一匹の猫が横切った。それだけで息子は、わたしの手を離して別の道を行こうとした。彼にとってその時、その猫は「怖い」ものだったのだろう。

そんなに猫に怖さを持つ子が、「飼ってほしい」などと言わないに違いないとわたしは思った。今思うとせっかち過ぎる判断だったかもしれないが、それは初めて子供を持った親に共通した「心」だったのだろうと思う。特に息子は一人っ子だったので、その思いはわたしには強かった。わたしはすぐペットを飼った。

わたしはこの年齢になって思うと、子育てについても反省することは多い。しかし、親とはそういう位置にいるのだろうと思う。どの親御さんも子供に対する愛情はあると思う。しかし、その親、その親で、また、その子、その子で、期待するのとは逆の方向へ行ってしまうというケースはそれ程まれではないと思われる。

人育ては一生ものだ。大変な事業だとわたしは思う。

初めてペットを飼ったのは、白うさぎだった。犬も猫も息子にはハードルが高いと考えたし、無意識ではあったが、わたしの心の中に子供時代の犬や猫への負い目があったのかもしれない。

白うさぎはラビーと名づけた。インコも同じ頃に飼い、ポッチと名づけた。白うさぎはアイドルの少女のようで、とても可愛らしかった。耳が白の中に薄ピンク、それにまん丸のつぶらな瞳。わたしはすぐに彼女のファンになったようだ。

しかし、白うさぎは飼っていくらも経たない内に、庭に繋いでいた時、近所の猫に殺されてしまった。

インコの方ははるかに長く我が家にいたが、飼い方が悪かったようだ。鳥小屋の掃除と餌やりはしたが、わたしは、ポッチにその最後まで愛情を持てなかった。

ラビーの空白を埋めるように、すぐパンダ模様のうさぎを飼った。名前はトヨタとした。

動物と人も相性があるのか、わたしはトヨタにも愛を感じなかった。トヨタ（うさぎ）の食べ物についても、調べるということなしで飼っていた。息子が小学二年生の時の運動会の日に、うさぎのトヨタにコロッケを与えた。それでトヨタは死んだ。後述に、猫の死んだ日の偶然的不思議について記している。そしてこのトヨタの死んだ日は運動会という行事の日だった。わたしに印象的記憶を残す日と考える。このことは、わたしの出会った「不思議」の初めての経験だった。

コロッケを与えたことについては、この日より前にもうさぎに与えてはならないものをトヨタに与えていたかもしれない。なぜならうさぎを飼おうとしていた近所の知り合いからうさぎの餌を聞かれて初めて、わたしは、餌の知識も愛もなく、うさぎを飼ったことを反省したのだから。

今思うと、猫とか犬は食べ物が人と同じ「可能の領域」の交わりがあったので、それでわたしの単純さが犬、猫、うさぎを同じ線上に置いてしまっていたのかもしれない。トヨタには誠に申し訳ない扱いをした。

ポッチは息子の記憶では、彼が小学校高学年位までいたらしい。

わたしは毎日の餌やりと鳥かごの掃除はしていたが、このインコに微塵も愛情みたいなものを感じたことはなかった（相性があるのだろうか）。それで、どのくらいの間世話をしたのかも全く忘れてしまっている。

インコが我が家にいた時、どこからか迷いインコが我が家に訪れた。わたしたちはとりあえず、ポッチの鳥かごに入れた。しかし迷いインコは事もあろうに、もともとの主であるポッチをいじめているように我々には見えた。

その結果、新入者をそれ程の日数をポッチの鳥カゴにいさせなかったように思う。迷いインコはもと来た空に放した。後でインコたちも時間をかけて仲良しになるという情報を知った。迷いインコに本来の飼い主が現れず、ずっと放浪インコだった場合ということが前提だが、もう少しゆっくりとインコたちを見守ってあげていたら、彼らはやがて仲良しになったかもしれない。時間をかける必要があったらしい。わたしたちはせっかち過ぎたと後で反省した。

後に猫を飼った時、我が家の猫目当てか、野良猫など、いろいろな猫がよく我が家の庭を通り道のようにしていた時期があった。そしてそれは、我が家の猫の死後は全くなくなった。

わたしは、インコがインコを呼び寄せた経験、そして猫を飼った時に起きたことを通して、インコの時はインコが、猫の時は猫が、多分同類同士間で「呼ぶ」ということがあるのかもと思った。

何しろ、うさぎたちもインコも、わたしとはこんな可哀想な絆であったが、後年、息子に彼らについて聞いたところ、息子はわたしよりはるかに彼らのことをよく覚えていた。心に留めていたらしく、彼らのことをよく知っていたなあと、わたしは凄くうれしかった。

わたしの中では、息子と彼らの関わりは「うさぎもインコも、世話もしたことない息子」というものだったので、わたしは自分の子供の頃の無関心さとダブって判断し、息子の「トヨタとポッチ」へのあたたかい眼差しが凄く意外であった。そして、息子の「話」は、わたしの意図したことがそれなりに成功したみたいな、期待してなかった「おつり」みたいな思いを、わたしにくれたのだった。

## 記憶三

一九九五年、地下鉄サリン事件があった時、主人が定年少し前だった頃、庭に一匹の雌猫が訪れた。その猫に、主人が餌やりをし始めた。その時、その猫が身ごもっていたのを主人は知らなかったらしい。雌猫は子供を二匹産んで、仔猫たちを置いて姿を見せなくなった。結果、主人はその仔猫たちの世話を引き継ぐようになり、庭で彼らの世話をし始めた。

元々会話のない主人からの猫の事情は全くなく、本来わたしはぼんやりしている方なので、猫と主人の本当の現状をわたしが知ったのはもしかして、餌やりを始めてからだいぶ経っていたのかもしれない。何とはなく「外飼いをしている」と知ってからも、わたしはあくまでも傍観していた。

主人が猫と関わり始めたその時期、息子はちょうど就職して、家から出てアパートで生活するようになっていた。

その後、息子は職場の関係で再び家から通勤するようになったのだが、その時、主人と猫たちとの関係はまだ続いていた。

それは今考えると、八年という歳月に及んだ。


主人が野良猫の餌やりを始めたちょうどその頃、時を同じくして、野良猫への餌やりが近隣トラブル問題として、テレビ等で毎日のように報道されるようになっていた。わたしは報道前からではあったが、家の庭の猫たちについて悩む日々だった。主人も悩んではいたようだ。何しろその頃ネズミ算式に、我が家の庭では猫たちが「産まれてはどこかに行く」という状況であったのだ。

今まで職場から電話などめったにかけて来なかったような主人なのに、勤め先から不安そうな、どうしようというコールをしてきたりした。しかし、増えていく猫たちをどうするか具体案もないまま、時間は過ぎていった。

保健所にという方法はすぐ思いついたが、保健所のそしてその先の猫たちを待ち受けている「殺処分」という問題に我々はずるく目をつぶり、だから現状のまま、時の流れに任せて逃げていた。

主人が餌やりをし始めた最初は二匹だけではなかったのだろうとは思うが、わたしが知った時は雄と雌の二匹だった。両方共、黒系の日本猫と言われる系で、白っぽい方が雄で、雌は黒っぽかった。それでわたしたちは自然に、雄を「しろ」、雌を「くろ」と呼んでいた。雄のしろはいつの間にか我が家の庭からいなくなっていた。後に息子が話すには、しろは時々、ひょっこり息子の部屋に現れたという。

残った雌のくろは、我が家の庭で数え切れない程お産をした。

彼女の産んだ仔猫は生命力の差か、早々に死んでしまった猫がほとんどだった。生きながらえても、それぞれ気づけば我が家の庭にはいなかった。結局、「くろ」だけがずっといた。

我が家の庭で何匹ともいえない猫たちが入れ替わりしていた時期がある。今思うと死がいを全く見なかった。わたしは絶え間なく主人へ「トラブルへの不安」を訴え続けた。その内くろが年をとったのだろうか、子を産めなくなった。それで自然消滅的に我が家の庭から猫たちがいなくなった。

わたしは心ではちゃんと飼いたかったが、「数の多さ・病気持ち」とか考えると、無理という思いがあった。それに中途半端な関わりに抵抗があり、世話等の関わりは一切しなかったが、追い払うことも出来ず、どこかに行ってくれることをただ祈っていた。

結果的にわたしは何匹もの仔猫を見ることになった。そこで大げさに言うと発見をした。

兄姉弟妹で、ほとんど同時に生まれた仔猫たちなのに、その個の多様さを期せずして知ったのだ。

性格はもちろん、その全てにおいてまさに「それぞれ」個性があった。いろいろな異なる猫たちを見ることになり、驚きと共に、わたしたち人間も同じ親、同じ時に生まれたとしても、個性の「違い」があるのだろうとの思いを馳せることになったのだ。

**出会いと別れ**

庭から猫たちのざわめきがなくなったと思う間もなく、ある日、庭で草むしりをしていたわたしの目の前を気味の悪い風袋の何かが走って横切っていった。わたしは視力が悪くよくそれを確認出来なかった。それで、わたしは仕事場から帰宅した主人に向けて言った。

「くろはお腹が大きかったと思う。多分くろの子じゃあないかしら」

主人がどう思いこの指示をしたかはわからないが、「捕まえろ」と言った。

それで多分次の日か、わたしはその奇妙な生き物を捕まえた。

その子は仔猫だった。

痩せていて体のそこら中におできが出来ていて、目のあたりはグニョグニョの涙目だった。痛々しい姿だった。

だいぶ弱っていたのだろう。わたしにも簡単に捕まえることが出来たのだから。野良猫としてずっと生きてきたくろは、自分自身への栄養もなく子を産んだのだと思う。この仔は生まれながらに遺伝的、環境的なハンディを負っていた。

もちろんその時、わたしたちは猫を飼う為の何の準備もしていなかった。

わたしは思った。この仔は「くろ」に託された子だと。くろ、それはこの仔を産んで死んだのだろう。それ以後くろの姿は見なかった。

わたしはスーパーで段ボール箱をもらい、それに新聞紙等を入れ「とりあえず」の彼の居場所にした。

わたしたちはその仔猫を「チロ」と名づけ、家族にした。

そんなチロは、家族になってからはさまざまなハンディを持っていたとは思えないような、活動的で生命力に溢れた猫となった。一日中、外で遊ぶようになっていた。家の庭の松の木の一番上にも軽やかに登って「ここよ」とか、自分を魅せた。松の木にいるチロは我が家の二階のベランダと同じくらいの高さで、わたしはベランダから得意げなチロを撮った。チロは外でよく喧嘩をしてきて、傷を作っていた。また、外からバッタとか小動物を家の中に持ち込んで「見て、見て」というようにわたしの目の前で遊んでいた。彼は本当に日々を楽しんでいたように思えた。

彼を連れて病院に行ったのは、他の猫との外での喧嘩の怪我であった。結果、チロはその怪我で生命を落とした。

保険制度で医療費の負担が少ない我々人間の医療費意識からして、公的保険制度のない動物の医療費のイメージは、初めて動物病院にかかる保護者であるわたしにとって、多額の出費を覚悟したものだった。

しかし、思ったほど、金額がかからないという結果で、以後わたしの中で動物病院のとびらのハードルが取り払われた。次に飼うことになった猫「友（ユウ）」の場合は、動物病院にかかる時には高額医療費という思い込みやプレッシャーが取り除かれていて、臆することなく動物救急病院にも連れて行けた。しかし今思うと家族なのだから、「動物だから」高額医療費だとかと思ったことが恥ずかしい。

チロは、毎日の生活を堪能していたと思える。それは自分だけ楽しんでいたのではなく、わたしにもやさしい贈り物をくれた。チロには包み込むあたたかい心があり、それはわたしをしばしば癒やしてくれた。

わたしが落ち込んでいた時、気づくと傍らにいつも心配そうに見上げているチロがいた。

わたしはその眼差しにいつも癒やされていた。

その頃には、猫を恐れていたと思われた息子がチロと兄弟のように親しんでいた。しかし出生時からハンディがあったこともあり、チロは二歳の誕生日と思われる日まで生きられなかった。

弱ったチロを病院に連れて行った。洗濯されたぼろ布いっぱいの段ボールの中に彼は何日かいたが、よろよろと外に向かい、ガラス戸の向こうの外の方に歩いた。わたしはもうチロの最期を感じ、彼の前の戸を開けた。チロは解き放たれたように出て行った。わたしは彼が気になり後を追った。チロはよろよろと歩き、我が家の私道に止めてあった我が家の車の下で横たわった。そして落ち着いたようだった。わたしは一応彼の所在を確かめた後、様子を見ながら、しばらくはそのままにしていたが、再びチロを抱いて来て、家の「段ボールの中」に置いた。チロはそれから二日程生死を行き来し、そして逝った。

チロは火葬し、骨壺ごと我が家に持ち帰り、庭に穴を掘ってそこに骨のみ埋葬した。骨壺はゴミに出すと他者に迷惑と思い、再び火葬場に持って行き、引き取っていただいた。

チロの死んだ日はわたしたち夫婦の結婚記念日で、わたしは友人たちとのイタリア旅行を控えていた。そのイタリア旅行中、わたしはもしかしてというような危険な状況に少なくとも二回あった。多分チロがすぐ側でしっかり支えてくれたから無事、家にまで帰れたのかしらと思うような体験をした。

それは先ず、イタリア入国時において新調したばかりのスーツケースが全壊したことだった。それから帰国時、ローマ空港で、方向音痴で海外旅行初心者のわたしが仲間とはぐれてしまったことだ。日本帰路へのゲートまでたった一人で、乏しい英語とジェスチャーだけで辿らなければならない事態に置かれたことだ。はぐれた場所からは移動手段のカートに頼らなければ着けないような状況下だった。それにわたしときたら、他人さま頼みで、地図ルートとかも全く確認出来ていなかった。

それこそ西も東も全くわからなかったのだ。

多分運がいいという結果になった。わたしは「チロの運」だと思った。

わたしはチロとの思い出を通して初めて、ペットへの愛情を持てたと思う。彼のもたらしたものの大きさはチロの代わりを求める心とチロの代わりを拒否する心とをわたしに置いた。多分わたしはずっと後者の思いでいた。ユウに出会うまでは。

チロの死から三年が経っていた。わたしは猫を再び飼いたい気持ちはあったが、敢えて求めて飼おうとはしなかった。

ある日、台所の食材を買いに行く道の途中にあるいつものスーパーマーケットの前で、わたしより少しお姉さん風のおばさんが仔猫を抱いていた。それはどうも今、この猫を見つけて抱いた感じだった。

わたしは彼女に聞いていた。

「この仔猫は、今、ここで見つけたのですか」と。そして、それからわたしはその女の人と仔猫の前に立ったままになっていた。

彼女はこの仔猫へのわたしの眼差しに気づいて言った。

「この猫健康よ。ほら毛並みも良いしね。わたしは今、家に六匹の猫がいるのだけれど、この猫も飼ってもいいと思っているのよ」

さらに、今見つけたばかりだという。そして「この子とても元気ですよ。それにほら」と、抱いていた仔猫をわたしの腕の中にホイっと置いた。

その時、多分仔猫の小さな重みがわたしの中で「この猫を飼いたい」という熱い願望になったのだと思う。わたしは、仔猫をしっかり腕の内に引き受けていた。そして仔猫を抱きながら、

「わたしの一存ではこの子を引き受けると今ここで言えませんが、一応この子を預かって帰ってもいいですか。もし家族に反対された場合、引き取っていただけますか」と今思うと図々しく聞いていた。

それに対して彼女は連絡先のメモをわたしに差し出し「いいわよ」と言ってくれた。

わたしは仔猫を抱いて家に帰り、ちょうど寝転んでリラックス状態の主人の傍らに仔猫を放した。

そして「この猫、○△スーパーマーケットの前にいたの」と言った。

主人は仔猫を抱き上げて撫でた。

「飼ってもいいかしらね」

それで仔猫は、我が家の家族になった。

友人の「早く去勢しないと」のアドバイスを参考に、先ず仔猫を動物病院に連れて行った。実はその時点で性別の判断がつかず、我が家では雄か雌か意見が分かれていた。

雄だと、友人の言うように直ちに去勢手術をしないとどこかに行ってしまうらしい。病院で雄と言われ、わたしは焦って、当時あった、相模原市の猫の去勢手術補助金の手続きをして、すぐ病院へ連れて行った。医師によるとその時、仔猫は生後三ヶ月位ということだった。

息子と仔猫の名前について検討した。パソコンで画数とか姓名判断とかを検索した。

その結果は「ユウ」。名前の意味は「友《トモ》」（英語のフレンド）、ということで決定した。

今思い返すとユウは活発なエネル

家に来たばかりの「ユウ」

ギーを持って生まれていた。家に来たばかりの幼い頃、特に活発な動きをした。幼いユウはわたしのパソコンの周りを邪魔だと思うくらい何度も旋回した。多分家中を絶え間なく動き回っていたのだろう。何しろその時、わたしは内心とんでもないものを飼ってしまったと後悔し始めた思いがあった。しかしその期間はすぐ過ぎていった。

ユウが一歳になるというので餌を大人用に替えなければと思い、一歳からという餌であるカリカリと缶詰とを買ってきた。

それがトラブルの始まりだった。

ユウは、わたしが買ってきた大人猫用の餌を吐いた。

そんな経験のなかったわたしたちは動転し、時に餌の生産者にも電話で苦情を言った。

しかし以後、ユウはいろいろ餌を替えてもその餌を吐くようになった。初めの頃は餌に問題があるとの判断であったが、吐き続けるユウを見て、ユウの体を思い病院に連れて行った。しかし医者でもその問題は解決出来ず、ユウの「吐く」はそのまま続いた。

一歳のある夜、ユウは悶え苦しみ出した。通常の診療時間は過ぎていたが、緊急事態だった。

運転免許証もないわたし、しかし運良く息子が家にいてインターネットで近くの救急病院を調べてくれたので、息子が運転しわたしも伴ってユウを救急病院に連れていった。

夜の動物救急病院には結構な数の患者がいた。もちろん、さまざまな理由で来ているのではあるが、ユウは局所から細い管みたいなものを入れられて治療された。病名は尿道結石と言われ、今後病院食でと言い渡された。病院食は高価な上にまずいらしく、ユウの餌を吐く姿は日常的になっていった。

前々から活動的だったユウはそのストレスもあってか、よけいに外に出たがった。

我々家族が外出時、玄関ドアを開け閉めする時、ユウは我々の様子を絶えず窺っていて、素早く我々の隙をついて、度々外へ飛び出した。そして外に出そうとしない我々に対してか、またまずいごはんへの不満か、両方か、今まで順調にうんちトレーニングなしで出来ていたうんちをトイレ以外でするようになった。それは後年思うと大した回数ではなかったのだが、その頃の我々にはユウのことは重大なストレスだった。お医者さんを始め猫飼い経験のある友人たちなど、どこからもこの状況脱出へのアドバイスをいただけなかった為、仕方なく主人と相談して外に出してみることにした。

犬のように繋いでの散歩は前々からこころみていたが、ユウの場合失敗していた。先ず首輪にくさりを繋ぐと、彼は散歩道で、人家の垣根をくぐってあちら側に行ってしまい、やむなく手綱を引くと、彼が首締め状態になってしまう為却下。次に犬用（この頃猫用は見つけられなかった）ハーネスを付けての散歩を試した。その結果、猫は犬とは違うと思い知らされる。クネクネとした柔軟性のある姿態の持ち主の猫は、ハーネスなどあっという間にすり抜けた。それでユウを外に出す方法は、ダイレクトな方法しかなくなった。

しかしその頃、時代はチロがいた頃とは違って外での猫の自由がよりなくなってきていた。

ユウたち本来の野生を持った生き物にとって、生き辛い環境になっていた。ユウはチロのように自由に外遊びが出来なくなっていた。

近隣問題はほぼ猫側の制限という方向で公認されてきていた。多分ユウの病の大方は、自由の制限への圧迫だったとわたしは今でも思っている。

以前飼ったチロもトイレトレーニングなしで出来、ユウも飼ってすぐ出来たので（ユウもチロも野良猫から飼育）、わたしは猫を飼うのって簡単だなと家族にも言っていた。でもこれは、実はわたしの安易な誤解であったと後に思い知ることになったのだった。この頃からユウは多分家の外へ出られないことでイライラし、うんちをあっちこっちですることで心のバランスをきわどく保っていたように思う。

そしてその行為はエスカレートしていった。

ユウの外への希望はやむことなく、それ故にストレスはより大きく彼にかかっていったと思われる。自分自身の毛までもむしり続け、その姿態にはげた箇所が痛々しく出来続け、可哀想だった。

元気だった頃のユウはまさに活力源のようで、食欲も旺盛だった。わたしは猫用おもちゃで彼と遊ぶのが好きではなかったので、その機会は少なかったのだが、息子はよくユウとおもちゃで遊んでいた。そんな時、食欲大のユウは「う、う」と唸り何度もおもちゃまでも飲み込んだ。幸いユウの場合、その後排せつされたが、これは単に運が良かっただけで、何しろ元気な頃の彼は食欲が凄かった。かつ力が強かった為に、それを発散出来ない分ストレスとなり、吐くようになって、ユウには吐く問題とうんち問題が出来てしまったと思う。

わたしにはそんな彼を何とか助けたいという思いは凄くあった。もちろんかかりつけの医師にも何度か相談していたが、全く改善の方向が見当たらず、良い案はなかった。そんな日々の繰り返しの中で、ユウは十一歳の誕生日を迎えた。

猫の十一歳といえば人で言うと六十歳位で、でもユウは相変わらずやんちゃ坊主で、いつも外へ出るチャンスを窺っている。わたしたち家族は日々ユウが見張っている「緊張する玄関」を通過していた。

ユウとチロ二匹とも、この上なく関心を持ったのは「風呂のお湯の行方」である。

我が家では前日の風呂掃除をして、そのお湯を排水口から流している。その時、猫たちが見せた凄い好奇心は印象的だった。彼らは風呂桶の淵にその手を置き、足をふんばって立ち、じっと見るのだ。お湯の行方を見ている猫、それは傍観者のわたしまで楽しくなった一時だった。

ユウはチロよりずっと長生きした分、風呂についてもまだ思い出がある。わたしが入ると「入れて」というようにもちろん洗い場ではあるが、開けてあげると入って来て、お湯に浸かるわたしと頭を並べた。その時、彼は風呂桶の淵にその両手をかけていた。

とはいえ彼は風呂というか水が苦手だった。夏の暑い日を選んでわたしと息子とでユウのシャンプーを風呂場でした。結構大騒ぎした。ユウはシャンプーが嫌いな猫だった。


ユウが死んで改めて、十一年の生涯を過ごせたユウと二年たらずで召されたチロの日々を比較した時、果たしてどちらの方がしあわせだったかと思うのだ。

ユウは十一年我が家で過ごしたが、制限された家の中で家の外の世界への渇望に苦しみながら、食べ物もそのつど吐くような状況だった。

もしかしてユウが家の中の世界しか知らないようだったら、ユウはそれなりにしあわせだったかもしれない。わたしたちが外に放し、一時的でしかなかった外の世界をユウに示したことがユウに苦を与えてしまったのかもしれない。

それに引き換え、チロは日々、嬉々として過ごせたように見えた。長くわたしたち家族に愛を振る舞っていてくれたユウ、しかしユウ自身はどうだったのか。

わたしはもちろんユウに十一年と言わず、もっともっとわたしたちの傍にいてほしかった。

都市においては特に自然がな

いたずらっ猫《こ》のユウ。2月22日ニャンニャンの日の応募でミニ地方新聞に載った写真

くなってきた。デジタル化された今の時代を生きるのは野生、家畜にかかわらず、本来の生き物としての「ほんもの」がなくなってきたと感じるのはわたしだけだろうか。

初めに戻るようだが実はユウとチロはおおかたの黒色の中に白を持つ模様の日本猫で、びっくりするくらい似ている。しかしわたしはユウを初めて見た時、全くチロをそこに見ていなかったのだ。

この不思議な一致。姿、色に「もしかして」とか、思う。何しろわたしは残されていたチロの写真でその類似を確認したのだから。

でも飼ってから思うにその性質はそれぞれだったのだが。

そんなユウは死の直前まで、死をわたしたちに思わせない元気さ、相変わらずの鋭い敏捷性を持っていた。わたしたち家族はそんなユウに、もしかしてそれだからこそ、よりユウとの別れを予感出来なかったと思う。一番傍にいたと思うわたしでさえユウがこんなに早く逝ってしまうことを全く予想していなかった。

わたしは「憎まれっ子、世に憚る。ユウは多分長生きだよ」と言っていた。そんな会話は我がファミリーの「いつまでも一緒だよ」というユウへの愛情表現だった。

ユウの死は突然に来た。

今思えば多分、彼としてはその死の一年程前から準備していたのかもとも思える節がある。

ユウは就寝時、大部分はわたしの布団で、時に息子と一緒に眠っていた。それがその死の一年程前から一人寝をするようになっていた。

仔猫の頃はわたしが寝る時間になるとわたしの寝室の前にいて、部屋に入れてもらえないとパニックになって部屋の区切りの障子戸をひっかき大騒ぎして大変だった。そういうこともあって、わたしはユウも大人になったんだなーと思っていた。でも今にして思うと、ユウ自身は自分の死をその時すでに感じていたのかもしれないと思う。だから一年も前からわたしたちから少しずつ離れようとしていたのではないか。

ユウの変調は最初、「食欲が少し落ちたね」くらいだった。温暖化とか、一般的にも変な気候のせいか、我々人間も食欲がなくなっていたので、見過ごしていた。だが、やっぱり変だと思い、病院へ連れて行った。

その日がたまたま、かかりつけの病院が休みだったので、最近出来た総合動物病院という規模も大きく、何か良さそうな「総合」のタイトルにも惹かれユウを連れて行った。

まず、エコー検査というのをやった。医師は「癌の可能性があるが、エコー検査だけではわからない。次の検査をお勧めします」と言った。その時、専門用語で、検査名を言われた。具体的には、ユウの体の何箇所かに細長い針を打ち、それで癌かどうかということがわかる。でも打った場所により結果なしと出ても、打たなかった箇所に癌があるということもある。「そういう検査ですが、どうされますか。それにこの検査は命の危険も伴います」と医師に言われ、取りあえずわたしはユウを連れて帰宅した。

ユウに関して息子とどうするか相談した。

「お母さんは危険を冒してまで、この検査をさせたくない」

息子は、前に飼っていたチロの最期の時のわたしの治療しないという選択を思い出して言った。「でも、チロは凄く苦しみながら死んでしまった」と。

その過去はわたしに決心をさせた。施術をしよう。

施術予定の日が来た。わたしは朝から悲しくて涙が溢れた。最悪の場合、もうニャンとわたしを見つめるユウには二度と会えないのだ。そう思うと涙は次から次へと溢れ出てきた。

施術中での死もあり得るとの医師の言葉がきつくわたしに迫ってくる。

その日の早朝、わたしはユウにただ、猫においしいと言われているチュチュを、医師に食べてもいいと言われていた時間内に与えた。ユウは静かだった。その静かさがよけいにわたしを悲しみに引き込んだ。

わたしは祈った。診断がミスであってくれと。わたしの足はユウの周りをウロウロした。ずっと彷徨し続けた。わたしの様子にユウもただごとでないと感じてか、じっとしたままだった。

ユウには明日という日が許されないのだろうか。神様に委ねられたユウの明日。打ち寄せる波のように、わたしの感情は繰り返されていた。ユウが逝ってしまう。

ユウは幸い、この時は死を免れた。わたしは生きているユウを再び抱いた。

医師は言った。「検査結果、癌かそうでないかはわからなかった」と。

そして、その時点で医師は次の提案をした。

その案とは驚くようなものだった。

第一案において、ユウにメスを入れ内臓内の脾臓を取り出す。脾臓を病理検査すれば癌かどうかわかる。

第二案において、この検査をスルーして、癌としての治療にかかる。

わたしは、具体的に癌治療とはどのような方法なのかと医師に問うた。すると、週に何度か施術し、一回毎に○○円かかるというものだった。

「えっ、まだ癌とも何ともわからないのに」

その時わたしの中に、ムクムクとこの医師に対する不信感が湧いてきた。

ユウを守らねば、と思ってわたしは聞いていた。

「第三の選択、つまり何もしない選択をします」

そしてわたしはユウを連れてさっさと、その病院を後にした。

それから元の主治医のところに行った。ユウはそこで幾らか生き延びた。息子は神社でユウにと癌封じのお守りを得てきた。わたしは幼い子供に戻って、近くのスーパーでちょうど飾られていた七夕イベントの笹にユウの病の治癒願いを短冊に書いたりもした。何とか治ってという思いだった。

わたしはユウがこの病を通過してくれると信じていた。でも何となく、ユウとの時間がもうそれ程残されていないことをも感じていた。その時、わたしは思った。ユウを草の上で遊ばせてあげたい。あんなに外に行きたがっていたユウだ。わたしが出来ることをユウにしてあげたいんだ。わたしは考えた。こんな体のユウを外に彼だけで放すことは出来ない。でも、何とか一人感を味わえる方法で、彼を恋しい外に出してあげたいと。

息子の運転で、わたしのママチャリの前カゴに猫バッグを入れて、近くの公園に行った。そこで、ハーネスを付けて、ユウを公園の隅の草の豊かな場所を選んで自由に置いた。でも体調の悪いはずのユウなのに、二、三度目にしてユウは得意の繰り抜けをして、危うくユウにとって見知らぬ場所に放すことになってしまうところだった。元気な頃、何度かユウのすり抜けを経験していたので、彼の傍で注意深く彼を監視していたにもかかわらず、猫の体の自由自在さを見せた。

そこで、わたしが最後に思い至ったのは、ユウを洗濯ネットに入れて前足だけ出す方法だった。それは本当に良い方法だった。その方法だとユウの自由はある程度保証されて、ユウがどこかに行ってしまうということを避けられた。わたしは比較的人の目がなくなると思える夕方から夜、ユウを洗濯ネットに入れ、わたしの古いバックパックの中に入れて前おんぶの形で、我が家の周辺を歩いた。

草があり静かで、くつろげそうな場所にユウを置き、彼を見守った。時間に余裕がありそうな日は自転車の前カゴに洗濯ネットに入れた彼を連れて、家の周辺から少し遠くまで範囲を広げ、同じような安心出来る場所でユウを降ろして、見守った。ある時ユウに野生が蘇った。彼は元気な頃、外に飛び出して捕らえようとした時のように、「うおおー」と叫んだ。

ユウはあの時、人間の言葉が言えたとしたら、何と言ったのだろうか。「外っていい」といううれしい叫びか。猫研究者によれば「オレの縄張だよ」と言ったのか。それとも……。

「○○○　○○○」

あの叫びは今もわたしの内に響いている。

二〇一九年六月二十三日　午前〇時四〇分頃
ユウ　十一歳三ヶ月　永眠する。

チロも「死」に臨んで精一杯闘って逝ったが、ユウもまた「死」に対して勇者だった。怯むことなく敢然と向かっていった。わたしはこの年齢まで生きさせてもらったことで、両親を始め人の「死」を見守ることは経験してきた。しかし二匹をみとって、多分人の場合は「安楽化」の方向で逝けている部分もあるかもと思うくらい、彼らの死は本来の「死」なのではないかと思わせた。

多分チロもユウも、あの「苦」の後に穏やかな安泰が彼らを包んだだろうと思う。

奇しくもユウの死はこのコロナウイルス流行の一年程前だった。

わたしは思う。もしコロナ禍だったとしたら同じことをユウにしてあげられたかと。これもユウの遺したわたしへの不思議な経験だなあと思うのだ。

ユウは逝ってしまった。

気づくと、どの人にも天からの贈り物が沢山、たくさんくだされているのかもしれない。でもその贈り物の価値を本当に知るのは、失った時のような気がする。

ユウは神様からわたしへの素晴らしいプレゼントだった。

我が家を離れていくユウ。ユウの火葬をその日に予約した。死んだその日の午後、ユウの悲しみのような冷たい梅雨がシトシト、シトシトと、わたしたちの涙の雨が降り続く。その雨はユウの死後二日間ずっと続いた。

わたしはただ、感じる。

動物園の動物、猫カフェで訪れた猫との関わりではこんな思いは起きない。

飼って世話をして、触れて気遣って愛してこその思いなんだよね。家族なんだ。すごーい感情。その重さから深い別れの思い。全部なのだ。ユウの遺影とその骨壺がわたしの側にある。

それは、わたしの傍らでいつも彼が寝転んでいた場所に彼がいないことを知らしめる。

ペットとは、言葉での会話はしなくても、同じ言葉は持たなくても、深く、やさしく、わたしたちを包んでくれる。何もなくても、ユウがいればしあわせになれたわたしがいた。

ユウをおくって、二年が過ぎていた。

わたしはユウとチロの写真立ての前で、一方はクローズアップスタイルと、もう一方は全身の写真ではあるが、同じ猫と言っても、家族以外の人には区別出来ないだろう並んだ遺影の前で、また、つぶやいていた。

「おまえたちの魂はひょっとして、同じだったのだよね。きっとね」

すると写真立ての中から二匹がわたしを見下ろしながら仲良く「そうでーす」と言った。

# 詩「しあわせ」

カタン
コトン

ひとときの
惰眠
午後の何分か
一枚の座布団を　頭のあたりにし

横たわる
目を閉じ
台風の余波の風に　身を委ねる
扇風機と庭からの微風が　私の髪にぶつかって
懐かしい旋律を踊ってる

時に
パタン
タン
と

# 道保川挽歌

この物語の主役は二人の女性である。共に、花で言えばつぼみから開花の時期の、それぞれの苦悩に向かってのあゆみを中心に家族愛が描かれている。花でたとえれば一人は開花目前で惜しくも思いを残しつつ散り、片方はまだ続くだろう人生の苦難を思わせる道を歩いていく。そしてこの二人は同時代の二人ではなく、娘とその母だ。少女たちはその人生を懸命に、背負った課題かもしれないものに向かう。そして逃げずに前に向かう、ほんの半歩でもと。

あゆは二十歳の誕生日を迎えることが出来ない。

そのあゆは今十七歳になったばかりだった。

換気の為に開けられた病院の窓から、暖かい空気と同時に春独特の冷たい風がベッドの上のあゆの頬を通っていった。

テレビからは今日も桜の花の見頃の日はいつかと伝えている。あゆは去年のお花見はコロナ禍の為しなかったことを思っていた。

「今年、わたしは桜の花の下に立てるだろうか」

その空は、あゆに少し前の高校生活を思い出させた。


あゆの通った高校は小高い丘の上にあった。

校舎はゆるやかな坂に沿って建てられていた。

あゆは毎日、その坂を自転車で上り、下りた。

病気の為に髪の毛が抜けてしまい、今は短く揃えてカットされている。元気だった頃は長くたっぷりの髪を無造作に一つに束ねていた。特に部活からの下校時、人通りを窺いながら、自転車のスピードに任せ乗り、時にそのペダルから足を離し、ハンドルも捨て、坂を駆け下りた。そんな時、髪は風になびいてマントのように彼女の背中をおおっていた。

制服に規制のない校風だったので、あゆは普段、トレーニングウェア上下で登校していた。

高校に入って初めての秋、突然ある症状が出て、母に伴われて、幾つもの病院を巡った。母の前では笑っていたが、あゆは内心の不安を悟られまいと、平然を装っていたのだった。

母はすでに神仏に祈り始め、いろいろな薬効を求めて焦っていた。

あゆは情けなくもそんな母にしがみついていた。

一人親の母は、あゆを身ごもった時からすでにシングルマザーだったらしい。

母がなぜシングルマザーの選択をしたかは、なぜか「個」の人間の踏み入れてはならない領域を侵すようで、高校生になってからはなおのこと、母に問うことが出来ないあゆだった。

あゆにはずっとの思いがあった。なぜ自分には、友達にはいる「お父さん」が「影」さえも感じられないのか。

多分、それは物心ついた頃からだったろうか。その疑問はすでにあゆの心にあった。

そしてその時間の経過はその思いを比例的に倍、倍に大きく、重くしていった。にもかかわらず、あゆは愛する母に「父」のことを問えずにきた。

その我慢が、母を後々までもずっと悩ませるあゆの行動となってしまったのだと思う。

小学校高学年になった頃、一般的な反抗期も相まって、あゆは母のいる家に戻らない日を過ごした。その日その日の気分で、多くは公園から夜の街をふらふら歩いていた。そんな時、同じように集まって来ていた、心に北風がピューピュー吹き荒れているような焦点のない目をした風来坊たちと会い、一緒に悪いことだと言われる多くに加わった。時には暴走して逃げ遅れて補導されることも珍しくなくなり、生活は乱れ、少年院へ行って更生へとも検討される対象にもなった。あゆは母を翻弄し、泣かせ続けた。そんな暴走する仲間たちの中にあずきもいた。あずきはその中で姉さんのような位置にいて、みんなに一目置かれていた。

あゆの暴走が一時的なもやもやの暴れで済んだのは、あずきが側にいてくれたからだ。最悪の場合は深みにころげ落ち、ということになってもおかしくない状況だったのだから。

もしあずきという「刺激」がなかったら。

あずきは同時期にあゆと同じ思いの中で同じように暴走し、あゆより先に大切な人を「失った」悲しみを持っていた。つまり、彼女にとって一番大切な人を裏切り、もう詫びることも出来ないその母の死という別れを経験していた。それであずきの思いはあゆを自分と同化していたのだ。あずきは深く反省していた。特にあずきの母に対して。あずきは直感で、あゆに姉妹に近い友情を持っていた。

そしてその思い入れは、あゆを救った。あゆが家出した初めての日の公園で、すでに不良グループで幅をきかせていたあずきは、最初は「生意気だ。自分のエリアを侵す奴」の危機感であゆに近づいた。しかしあゆはむしろあずきに馴染んで、頼ってきた。何かしれないが、あずきはあゆに、あゆから受ける何かに親近感を覚えた。だからあずきはあゆに向かい、なぜかもろに真っ直ぐだった。あゆはあずきの本当の心をぶつけてくる様子に、その真剣さに震えた。あずきは多分あゆより少し年上のようにあゆには思えた。

あずきはあゆが危ういような場面に居合わせた時、あゆには正義のヒーローとなって救ってくれた。偶然とは思えないような、かといって仕組んだとも考えられないタイミングであずきはいた。あずきにとっては姉妹であるあゆ、自分とあゆを切り離せなかったのだ。

家出、母、出生の秘密等の共通点で、あゆを放っぽっておけないという思いに引っ張られ、いつもあゆの行動を追ってしまっていたのだ。

関心を向けざるを得ずそうしていたのだ。

あずきは家を飛び出してもう何年も家に帰っておらず、彼女の母親はすでに亡いことを人から聞いた。その二重、三重の悲しさ、それゆえの自戒の心でいっぱいになっていた。

何かの時、あずきとあゆは二人だけになった。無茶をしているあゆに、あずきは、身を絞り出すように自分の生い立ちを語った。もう死んでしまったと聞く母のお墓に行くことさえが憚られる、自分のもう戻れない過去を話した。母への謝罪を。その時、あゆを通して天国の母に詫びていることがあゆにも感じられた。

何しろあずきの温もりと存在感が、あゆへ託す切実な思いが、その時言ったメッセージ「最も身近な親を大切にしろ」が、そのまますっぽりとあゆの中に入った。それで、あゆはすぐ家に帰らなければという思いで、でもやはり昼間はお日さまがまぶしくて、いつもの夜半に、でも今回は心して自宅に忍び込んでいた。

母　美紀

美紀は幼い頃から人といるより空の雲や道端の草に親しんだ。放っておくと呆れるくらい、そこにいた。その頃でも特殊な感じの子供だった。両親は美紀に、他の子供にない才能みたいなものを感じた。そしてたどれば父方の血筋に、すぐれた才能がある人が何人かいたと思い出し、美紀に同じものを感じた両親は、一般教育よりその才能を引き出してくれるような場所で引き受けていただいた方が美紀には良いのではと考えた。そして早い段階で、その個性を伸ばすべき教育を受けさせることを実行した。美紀のＩＱは予想通り非常に高い数値を出した。特に理数系分野に顕著に見られた。

美紀は一般的な「学校」へも時には行ったが、ほとんどの時間は「学校」

以外の学びの場で過ごした。

美紀はそこの教育機関で大好きな理数系分野の世界に深く浸る時間が許された。楽しくてしあわせだった。人との関わりは父母以外必要としなかった。十代で大学院に進み、そのままあたり前のように遺伝子研究署の職員になった。日々夢中で研究に明け暮れた。

いつしか二十代に入っていた。美紀の同僚には、子供に恵まれた人がいて、ある日何人かで、同僚の新居に出産祝いに行った。

しあわせそのもののような彼女。

「さあ、入って、入って」

いかにも明るい色合いで、アニメのプリントが可愛いベビーベッドに、赤ちゃんのおもちゃと独特な乳の甘い空気が溢れていた。

美紀は「可愛いなあ」と思った。そしてその思いは、そのまま知らず知らずにふくらんでいった。

美紀の子供を授かりたいという思いは、同僚の赤ちゃんを抱いて以来、ずっとあった。

そんな折、美紀の勤めていた国立遺伝子研究署で、男性の精子バンクから精子を破棄する仕事があった。通常は何人かで慎重に扱う業務であるのに、なぜかその時、美紀の内に悪魔を呼べる空間が出来てしまった。仕事を受けた美紀はそれを己のものにし、受胎した。その時の美紀には罪の意識は全くなかった。むしろ、天から自然に、自分の内にというイメージで満たされていた。女性の味わう「母」の幸福感といったものだったのかもしれない。

彼女は「あゆ」を授かった。

しかし両親を始め、誰にもこの事実は秘密でなければならないと固く決めていた。それは何より生まれてくる子の為だと美紀は思った。

両親には、あゆの父親は交際している時に不慮の事故で死亡してしまったと話した。彼の素性は知らない内で、子供が欲しくて自分の方からの関係だったと話した。両親は美紀の今までの突拍子のない行動に慣らされていたので、それ程驚くことなく、自分たちにとっても「孫という宝物」誕生への何にも代えがたい愛しさがあってか、美紀たち親子をすでに受け入れていた。彼らは以後、他の誰にも、あゆの出生については口をつぐんだ。

あゆを育てる上で、美紀は両親に陰に日向に支えられた。美紀の子育ての強い援護者たちだった。両親は美紀とその赤ん坊に手助けすることを惜しまなかった。

美紀は思う。この支えがなかったらと。美紀は職をずっと続けてこられなかっただろうし、あゆはその心にどこか淋しさを抱えるように育ったかもしれない。両親のおかげで美紀は何とかあゆを育ててこられた。今、ここにいることが出来た。

あゆ誕生の頃、美紀の両親はまだ六十代で、充分若くて元気だった。

その頃、会社員だった美紀の父親は、毎日電車で一時間半かけて職場に行っていた。そんな中でも、帰宅後には孫を連れて、近くの道保川公園によく出かけていた。


美紀が玄関の前に立った時、家の中からちょうど電話の呼び出す音がせわしく鳴り始めた。美紀は今のいろいろ物騒な世相を考え、経済的には贅沢な家計費からの出費だが、携帯電話も家族全員に持たせ、それ以外に自宅に固定電話を置いていた。留守電機能に切り替わらぬ内にと、美紀は早く、早くと焦りながら玄関扉の鍵を、やっと開けた。

まだ鳴っていた電話に感謝しながら出た。

それは、いつも、いつもだが、そう思って出る。あゆからだと。

「林美紀さんのお宅ですか」

隣接の町田市の交番からであった。

「母が」

そう、この頃、美紀の母はよく道に迷うようになっていて、美紀は母にはは知らせず、母の衣服に住所、氏名、電話番号と自分（美紀）の名前を記入した、短いお願い文も加えたワッペン風のものを縫い付けていたのだ。

母の変化は、ここ二年程前からであった。しかし美紀は出来るだけ母を自由に、外出もさせ、行きたい気持ちのままにしていた。それに少し帰宅時間が遅くなっても、必ず母は帰っていたし、何より本人が笑顔で帰宅していたので、そのままにしていた。その時、美紀にとって母は心配の優先順位があゆよりはるかに「下」だったのかもと、彼女はその時初めて母にすまなく思った。

美紀は今、大きくは二つの難題を抱えていたのだ。あゆの家出と母の迷子。その時改めて、母の状態が自分が思っていたよりも深刻化しているのかもと思った。

美紀は職場を休んで、「だまし、だまし」母を病院に連れて行った。少し覚悟はしていたものの、医師の「認知症」の診断は、美紀には切ない結果だった。

母は七十代半ばだ。よく気がつき、家事全般、しっかりこなす人だった。あゆのこともあり、美紀は母の変化を軽いと思いたかったのかもしれない。母に対し心を向けなかった。

医師に母への対応を聞き、こちらの今の家庭事情をあゆのことも含めて話した。母の自由を尊重したいという美紀の思いは変わらず、なのでひとまず、母とも話し合い、週に一、二回の介護サービスを利用することにした。母はいくらか良くなったかと思うと、時にちぐはぐな行動をしたり、また元に戻ってを繰り返した。

あんなに身ぎれいできちんとしていた母が、他の〝なにか〟のようになっていく姿に、美紀は絶望に近い苦悩を感じた。また、帰らないあゆとの空白はダブルパンチとなり、美紀を追い詰めた。そんな時、美紀は一番護られていた、安心していられた時期に傍らにいた「父」の遺影の前にほとんどいた。その場所での一時が美紀の大切な安らぎだった。

夜半、母が鍵を置いている場所から手探りで、足を忍ばせた。静かにゆっくりと、いつものルートで、いつもの引き出しまで来た。そこになぜか間が出来た。あゆの心はドキドキした。なぜか、いつもとは違うものを家の隅々に感じた。いつものお金のある引き出しに行くまでもなく、あゆはもうたまらなくなり、母の姿を暗闇の中に追った。

何ヶ月ぶりだっただろう。窓からの淡い月影に、知っていたはずの母の一回りも小さくなったような後ろ姿が、祖父の仏壇の前にあった。

その時、あゆは「自分は今まで何をしていたのだろう」とその場に立ちつくし、ひざまずき、何度も涙の中で詫び続けた。

家に戻ってきたあゆはすっかり心を入れ替えた。小さかった頃、おじいちゃんともおばあちゃんとも、それに母にも連れて行ってもらい、遊んだ楽しい思い出のある道保川公園に、今度は自分がおばあちゃんを支えて、手を握って散歩に行っていた。深い反省の結果、あゆ本人の力で、中途入学ではあったが、曲がりなりにも高校にも入れた。

しかし運命というものか、病に冒され、死ぬという。自分にはある意味で罰だと思うが、母にはただ、すまなく悲しかった。


夢の続きだろうか、続いていた。

きらびやかな虹色の舟に乗って、遠くの方から、浅紅色の光が差した。

閻魔さまが降りていらっしゃった。そしてあゆの目の前にお立ちになった。

閻魔さまはおっしゃった。

「生きてきた今までに後悔はないか」

すると傍らに大きな、大きな鏡のようなキラメキが現れ、その映し画に揺れながらあゆと母のこれまで生きてきた「時」の全てがフラッシュバックして、映し出された。

それを閻魔さまは御覧になられてから、しばらく考えておられた。

「たとえベッドに眠ったままだとしても、出来るだけ母のいるこの世界に、少しでも長くいられないでしょうか」

あゆはおぼつかない身体をやっと起こしながら、でも言葉は、はっきりと訴えた。


急に夜明け前のような明るさが広がった。

閻魔さまはおっしゃった。

「今まで生きてきて、まだやり足りない母親に対する思いがあるのだな。多分、この気持ちはこの世から次に無理やりに魂が行くことを許さないだろう」

続いて閻魔さまは、こうおっしゃった。

「あゆ、先ずおまえはベッドにその身体を置き、その魂は道保川の蛍になって乱舞しなさい。蛍の輝く期間は一ヶ月から二ヶ月位だ。そのくらいの間なら、良いだろう。その輝きの為に、蛍は一年もの間ずっと水中で時を待つのだ。あゆ、おまえもその生命に向かい、いつも最善をつくしてきたね。だから最後の「命」を蛍として輝きなさい。君らしくね。思いを込めて」

あゆと道保川は幼い頃から近くにあった。小さなあゆは母とも、おじいちゃん、おばあちゃんともこの公園で遊んだ。あゆは特に蛍の飛び交う時期の道保川公園が気に入っていた。あゆの道保川への恋は、家族との思い出だった。

あゆ誕生の頃、おじいちゃんおばあちゃんはまだ六十代で、充分若くて元気だった。

その頃、会社員だったおじいちゃんは、毎日電車で一時間半かけて、職場に行っていた。そんな中でも、帰宅後、あゆを連れて、近くの道保川公園によく行ってくれていた。しかし、小学一年生のあゆの夏休みがもうすぐ来るという時だった。通勤電車内で事件に巻き込まれ、祖父は命を落とした。

楽しい毎日になるはずだった夏休みはその計画の中心だった人を失い、残された家族を暗いトンネル内に置いた。みんなそこから動けなかった。あゆにとっては想像でしかない、唯一、父の感覚がした祖父の死はある喪失感をあゆに与えた。

あゆにとっての「死」の実感は駆けつけた時のもの言わぬおじいちゃんの冷たい顔、それから笑わなくなった家族の食卓だったように思う。

「閻魔さま、ありがとうございます。本来わたしはこのままここで生を終える身の上のようなのに、少しでも長く生命を保ちたいのです。母に一人で生きていける強さを、決心みたいなものを持ってもらえる時間が欲しかったのです」

目がグルグルと回転したようになって、あゆは空の上の方に来ていた。

とたん、あゆの前に道保川の流れがあった。

そしてあゆは自ら光を放っていた。

道保川の水源は、道保川公園内の自然の湧き水、並びに環境水（地下水）だけでなく、道保川沿いに点在している湧き水である。自然の湧き水は今でもかなりの量がある。しかし、定量の調査は実施されていないようだ。見た目での判断によれば、公園整備前のかつての姿は谷戸田であり、ワサビ栽培をしていたようだ。現在では、ワサビ栽培をする程の水量がないらしい。

（相模原市立図書館資料より）

わたしは源氏蛍、日本の国の固有種である。本州以南に分布する蛍で、体長が日本の蛍の中では大型種で、前胸部に黒い十字架のような模様がある。道保川で生まれた。成虫の寿命は長くて二週間らしい。

わたしは幼い頃母と行った道保川の蛍になった。あの時の蛍は闇の中で美しく川面を踊っていた。

――わたしに蛍としてのひと夏の「生」をくださってありがとうございます。――

「あゆ、君の思いの強さは澄んでいる。多分君はそれ故に多くの苦を経なければならなかっただろう。その願いは叶ったのだろうか」

それは六月にしては澄んだ空気の夜、母を恋う「あゆの魂」はすうっと、その本体の身体から舞い上がった。

天上に、天空にと。

気づくと、そこは道保川の上流、源だった。

あゆの魂は浄《きよ》い水の流れに身を浸し、川を静かに下ってゆく。そしてしばらく浮遊した。

十九年の〝生〟が洗われ、水に溶け込むかのように、あゆの周りには源氏蛍の消え、また光るチラチラした赤白い輝きが点滅し、不思議な世界を広げていた。

この日の夜景は電力節電の為、都会の空気とは思えぬ一空間が出来、蛍の光は道保川の川面に反射して、川との境界を失っていた。

それはほんの一時だったかもしれないが、永遠のようでもあった。

蛍たちは、まばゆく光っては消えた。

後には、夜明けを待つ暗闇がじっと佇んでいた。

生命が燃えて尽きた後、再びこの世に生まれ出るかということはわからない。

しかしあゆの場合、小さな、小さな命として生まれたとしても、それを「いただき」、「あずき」との出会いを待つ。それは叶わない希望でしかないとしても、何億分の一の可能性でもだ。

あゆがもし生まれ変われたら、必ずきっと「あずき」を待つ。

# チョちゃんのお友だち

一人っ子のチョちゃんはいつも、妹か弟がいたらどんなにかいいだろうと思っていました。でも、どうしたら妹、弟が「来る」のかが、わかりませんでした。

春のある日、だんだん暖かくなってきました。

チョちゃんも気持ちが良くて、保育園でのことをすぐ話したくて、家の近くまで帰ってくると、はあ、はあと息をしました。

早速、チョちゃんはママに、今日あった保育園でのお話を、その大きなひとみをさらにまんまるにして、早口に話しています。

「ママ、チョちゃんのお友だちは、チョちゃんと同じお顔をして、今日ママがチョちゃんに着せてくれた、ポケットに黄色のリボンのついたスカートをはいていたの。チョちゃんが二人になったみたいでしょ。

その子はチョちゃんが笑うとニコニコして、チョちゃんが淋しい時はやさしく見つめてじっと側にいるのよ。その子はお教室からも見える花壇にいてね。ほらこの間、ほっぺが可愛い、大好きな花子先生とみんなとでさくら草の種をまいた花壇よ。

その子は父ちゃんの『くまのぬいぐるみ』のくまちゃんのようで、顔は、チョちゃんなの」

じっとお話を聞いていたママが言いました。

「あの、父ちゃんがチョちゃんにプレゼントしたくまちゃんのことなの？

ベッドから毎朝引きずって連れて、だっこもしているくまちゃんのこと、それに、どこに行くにも一緒のくまちゃんが、お友だちと同じなの？」

チョちゃんはおなかより少し上あたりに可愛らしい二つの手を置いて、少したたきながら「うん、そうよ」と言いました。

「その子は、お話はしないの。でも、チョちゃんのぐずぐずに、静かに、静かにうなずいてくれるの」

「そうなのね」と、ママはあたまをコクンとしています。

「チョちゃんコピーさんは、チョちゃんデザイナーの考えた色とりどりのようふくをかっこよく着て、二人の側にあらわれたお空の階段を、ふうわ、ふわっと歩くのよ。かけっこもゲームも得意でさ。チョちゃんにはまだ早いよ、と買ってもらえなかった黒い帽子も、似合いそうなんだ」

ママはちょっといじわるに、

「コピーさんって、お顔はチョちゃんで、くまちゃんなの」と突っ込みました。

チョちゃんはそうよ、そうよと自慢げな顔をしています。

「あのね、お顔だけではないよ。みんな王女さまよ。ダンスに似合うドレスとスカートを軽々と操る白い手もちらっとの足先も王女さまなの。それでいて、くまちゃんなのよ。心がさ。ほんとに心がくまちゃんなの」

チョちゃんはその時、目を閉じて深く息を吸いました。

「デザイナーさんも王女さまよ。なぜって王女さまはこれを着たいと思うとすぐ、その服を着ているのよ」

ママは「まあ」と手をたたいています。

チョちゃん自身は、それがほんとうのことだと、がっちり信じこんでしまっているようです。空想のお話をかってに考えるのが大好きな子供なのでした。

夢みるチョちゃんでした。

ママも父ちゃんも二人の爺じ、二人の友だち、お婆さんも、チョちゃんのお話を「うそ」だと言いません。

チョちゃんはますます本気にして、チョちゃんコピーさんを、毎日、毎日育てました。

思えばチョちゃんは、もっとちっちゃい頃から、チョちゃんコピーさんを待っていたのです。

たとえばママにはないしょで、隣の隣あたりのおうちに行くのに、ちょろちょろ流れる小川にかかった、チョちゃんたち子供のひみつの冒険の木の橋を通って行った時のことです。チョちゃんと同じくらいの大きさの、まるで動いて、飛び出すようなフランス人形をそこのお家で見かけました。

それはそれはきれいで、可愛くて、ママのお話に出てくるような王女さまのひらひらスカートをはいていました。

その王女さまのお家にはチョちゃんと同い年の女の子がいました。その女の子はチョちゃんと同じ保育園で、少しチョちゃんにはいじわるなきつね目のなまいきさんでした。

「チョちゃんにも王女さまがいたらいいのになあ。なぜきつね目と王女さまなのかしら」

チョちゃんはそのお家のガラスケースのようなウィンドウから見えるその王女さまを思ってテレパシーを発信しました。そしたら、凄いスピードで友だちメッセージがチョちゃんのハートにぶつかり、ドシンと飛び込んできました。音はなかったけれど確かにその王女さまからのディープな振動で、チョちゃんの帽子がしばらくの間ヒラヒラしました。チョちゃんはすぐその王女さまを友だちとして、家に連れ帰りたいと思いましたが、言葉にしては全く言えません。それからは、そのお人形はずっとずっと、チヨちゃんの心のかなたのあこがれでした。

欲しいとか、そんなんじゃない、あのフランス人形。

それはチョちゃんにとって、心にチョちゃんコピーさんが誕生した瞬間だったのです。そうです。「カチッ」としたその時です。ぱっとチョちゃんのお顔がフランス人形のお顔にコピーされたのです。

それが、チョちゃんが小学校にあがった今知らない内に、コピーさんも夢の中に戻っていったようなのです。

小学校でのチョちゃんには、色や形の可愛い「消しゴム」の取りかえっこもする、何だか知らないけれど気が合って、いつも一緒にいるゆうこちゃんという友だちが出来ました。でもゆうこちゃんとはいつも仲良しではないのです。

嫌、いや嫌いとチョちゃんに言い、後ろ向きに座るゆうこちゃん。チョちゃんもゆうこちゃんのばかと言いあかんべーをして、「いーだ。フンだよ」となってしまいます。

でもすぐまた遊んでいます。

それだからか、チョちゃんが一番にと思う時、浮かぶお友だちは、どうしてもチョちゃんの大好きな、やっぱり初めてのお友だちのコピーさんなんだとチョちゃんは思うのです。

# 母のかたみ

それは母の葬儀からしばらくして、桐子が浜松市と湖西市にまたがる浜名湖の湖畔からそう遠くない場所にある桐子の実家で、母の遺品整理をしていた時だった。桐子が母の私物というもの一つ一つに、このように接したのは初めてだったように思う。親子といえども「彼女のもの」を詮索するような行為はタブーと考えていたからだ。

誰から言われた訳ではなく、年寄り世代に囲まれて育った桐子は昔風の「嫁げば、育った家は帰る家でなくなる」という考えにしっかりと染まり、この静岡の実家はすでに桐子の家ではなく、嫁いできた義姉こそ、この家の主婦だと思っていた。だから、今回、自然に義姉の家にお邪魔したのだ。

だから義姉はそんな風に考えていなかったかもしれないが、桐子には遠慮があった。

桐子は義姉に「自由にしてね」と任せられたかたちで、遠慮なく、母の箪笥の引き出しの中のものを出した。

他者の所有のものをたとえ衣服であろうと一枚一枚出すなど、それが自分の身内の母のものでも、母の生前には全く思いもよらないことをしているのだと思う。大正末期生まれの戦争を経た世代である母は一粒の米のありがたさを直に知っていた。だからかその遺品は大切に扱われ、丁寧にしまわれていた。その中には桐子的には懐かしい衣服などもあり、しばし桐子はその思い出に浸っていた。それは一度だけだったけれど、母が兄と同居していた頃、桐子が仕事での出張帰りに実家を訪れた時、その時桐子が着ていたブラウスを母が良いわねとじっと見て目を離そうとしなかったことがある。それは当時流行っていた服で、桐子もお気に入りの一着だったけれど、桐子はすぐに脱いで「はい」と母に渡した。あの服はどこにあるのだろう。桐子はその服を捜していた。

桐子は母の死からまだ日数が経っていないのに、冷静に母の衣服を扱う自分に冷たい心を思った。多分、言い訳かもしれないが、母は「死んでしまう」という言葉を度々桐子の前で話した。それは思い返すと母の死の十年程前からだった。母はその頃から入退院を繰り返していた。母にとっては「自分の死への不安」を、心を打ち明けられる娘の前で出してしまっただけだったのかもしれない。

しかし、若い桐子には思いが及ばず、現実となって迫ったのだった。母が自分の死を初めて桐子に語った時、桐子は声こそ出さなかったが、心の底深く、ウォンウォンと大泣きした。凄く悲しかった。実際に涙も溢れ出た。しかしそれが、「何度か」というようになっていくと、実際の母の死に対面した今、全く悲しさがなかった自分がいたのだ。オオカミ少年ではないが、こんな厳かであるべき死についてもそういう感覚というものが出来てしまうのだろうか。いやに冷静な娘は、ナニカ凄く沈んでしまうのだった。

捜していたブラウスはなかったが、その代わりではないが、一枚の見覚えのあるこれもまた忘れられないコートを発見した。「あの時の」と桐子は思った。あの方はやはり、桐子の見間違えではなかったのか。それは桐子が高校生の時、確か期末テストの最終日だった。英語の答案でのミス、

Refrigerator の.i を入れなかったかなと思い出し反省しながら、学校帰りの道を下っていた時のことだ。目の前を歩く人を母かしらと思い、でもなぜか声が出ず、後を追っていた、あの時のコート。しかし見失ってしまった、あのコート。確かにこのコートだった。考えるに桐子は、あの日以前にもこのコートを着た母を見たことが何度かあったと改めて思った。

心に異物を抱えたようになりながら桐子は、それ以後は機械的にそれらを仕分けてゆく。母の遺品をただ、また桐子は追った。そして何枚か思い出の衣服を選んで、持ち帰ろうと、自分のものの中にしまった。

そしてこの母のものをあらかた整理したこの時、桐子は知ってしまったらしい。

この時まで、桐子は兄と自分だけが「母の子供」だと思っていた。

まさにこの時まで。しかし発見してしまった。「母のひみつ」を。

母は持ちものなどにこだわる人ではなかったし、衣服もそれほど持っていなかった。母がよく着ていた衣服、着物を整えた後、それでも、母の持ちものに女性かと思えるようなバッグを見つけた。ブランドものもあり、何個かあったバッグ。その母のバッグの一つ、あまりめだたない色合いのもので、そのチャック付きのポケットの内に、うす紫色のぼかしの入ったふくさがあり、それに包まれ、そのものが大切そうにしまわれていた。桐子の勘はこの時最高に「ピッピピ」ときた。

実は葬式の日、帰ろうとしていた桐子の傍らで、母のすぐ下の叔母が何気なく言った言葉に、何となくであるが桐子は反応していた。

「子を産んで、会うことも叶わずか」が桐子を捉えた。

桐子は「もしかして、それ、かあさんのこと?」と聞いていた。その時、叔母は否定しなかった。肯定も。

でも、感じた。むしろ母の妹として姪、桐子に言う義務を果たしたような、ずっと黙してきたことを言えてすっきりしたような叔母の様子に。

そんな様子は、桐子には「肯定」を示していたように思えた。

でも叔母に、はっきり聞くことがなぜか怖く、桐子はそのことをそのままにしていた。

そして桐子は今日、その事実を遺品の中に発見してしまったのだ。

戸惑いつつふくさを少し開いてみると、そこに茶色く、くすんだ、時間を経てきたような桐の箱があった。

「へその緒」だった。そしてそこによく知った母の筆跡で桐子でも兄の名前でもない字（名前）が書かれていた。

その時、桐子がとっさに思ったのは、このことは、兄はもちろんその他諸々に知られてはならない、ということだった。

母が死してなお隠し通した「ひみつ」、そんな秘密を。娘の桐子自身にさえ語らず、逝った秘密なのだ。このことは決して他にもれてはならないのだ。

そして思った。秘密を自らの内にずっと隠し続けた母の重い重い苦悩を。

それは娘ゆえの、そして同じ子を宿すおんなの性としての、感情だったのかもしれない。

後で、叔母から聞き出した話によると、まだ若く、学生で独身だった母は道ならぬ恋をした。子が出来たが、その人とは別れ、時を経て後、桐子の父と結婚した。その時の子供はどうも孤児院か子のない夫婦にもらわれたとか。

叔母からはそれ以上のことは聞き出せなかった。

それで桐子も誰にも言えず、何となく忘れようとしていた。

桐子の淡い恋も母と重なった。桐子の母は病気がちの父を支えるように学校の教師の仕事を続けていた。母は音楽の先生で、よく家でもピアノに向かっていた。母を慕う生徒さんの中に勇くんがいて桐子は勇くんの美声に魅かれていた。

儚い桐子の初恋だったが、勇くんは桐子の気持ちを知るか知らずか、どうも彼には桐子はライバルとしてあったようで、超難関の音大をめざし都会にある大学に夢を抱いて行ってしまった。もちろん桐子も受験したが、結果は恥ずかしい程差があり、同じ大学には入れなかった。そんな思い出は、はからずも母と繋がっていた。

職場の休日に、桐子は趣味のパッチワークの針を進めていた。形になってきたなと、パッチワークの次のモチーフにとりかかろうとしていた時、自宅に一本の電話がかかってきた。

「松本順子さんのお宅ですか」

「順子はわたしの母の名前で、亡くなって二年程経ちます」

「宮下明さんの看護人の田辺と申します」

あきら……。

とっさに桐子の頭の内にあの時の「へその緒」の名前が大きく現れた。

でも桐子は自分でも呆れるくらい極めて冷静に、

「どのような、ご用件ですか」

と電話口に答えていた。

「実は、電話では話せないことなので、お手紙を出させていただいていいですか？　お宅さまがお読みになってご判断ください。もちろん読まない選択も、あります」

看護人と名乗る田辺は丁寧な口調で言い、そして受話器は置かれた。

母は初め兄と同居していたが、父を送ってから落ち込んでいたのを桐子が誘って、結構の間、桐子と同居していた。だから兄でなく自分の方に連絡が来たのかもしれない。また桐子が他の兄弟の存在を知って、調査所に頼んで捜していたのが、どこからか伝わったのかもしれない。

何しろ桐子は、電話口の相手の言う手紙を待ってみようと思った。

そして電話の後、しばらくして一通の手紙が彼女のポストに届いた。

拝啓
突然お手紙を出す失礼をお詫び申し上げます。

私は宮下明と申します。年齢はだいぶ貴方さまより上で、住所は○○、電話番号は△△。アパレルショップの経営をしてきました。私はただ今、独身で子もなく、身寄りは一切ありません。しかし、病の為に後数ヶ月の命と言われ、今までどうでもいいと言い聞かせて、確実に知っていながら調べもせずきた自分のルーツ、出生、過去に思いがいき、自分に弟、妹がいることを知りました。今とても会いたいと思ってしまい、失礼とは思いつつ、看護人の田辺氏の力をおかりして、勇気を持って貴方に、このたよりを書きました。もし下記の住所に来ていただけるなら、なるべく早い時期にお会い出来たらと思っております。

まずは書中にて。

敬具

二〇一〇年　一月末日

桐子は、平時早とちりで、おっちょこちょいと言われ、そういう失敗は山とありなので、より一層「ここは」と考えた。そして考えた。

いくら考えても答えは出ない。わたしにとって、そしてこの人にとって「会うこと」は良い選択だろうか。

会うことがベストとは限らない。母が隠し通した「愛」なのだから。でも、でも、でも、会いたい。

兄さん、兄さんなのだから。桐子の心の中を初めて経験する不思議な感情が巡りめぐった。

少なくとも実家の兄には、このことを知らせねばならない。でもどう伝えるべきかと、その思いは二転三転した。

このことを兄に言うのを桐子がためらったのは、晩年、母と兄とはあまり関係が良くなく、母が隠して「他に子供をなしていた」ことは、母のイメージを、より嫌な母へと兄に思わせかねない。一方が死んでいるのになお、この親子の距離を遠くしてしまうような気がして、桐子は彼女にしてはより慎重になった。

大家族の嫁として先ずは男の子に恵まれ、曽祖父母に初曽孫を抱かせることの出来た母。その誇りでもあったはずの子、兄。

親と子とは、しかし時に難しい関係かもしれない。母と兄はあまりにも気性が似通っていて、それ故にプラスとプラスの電極のようにぶつかって、止めどなくいってしまう相性なのかもしれなかった。

母の思いと兄の感情は、真の「愛情」とは反対方向に離れていったように桐子には思えた。

それは、母も兄も好きだった桐子には耐えがたい現実だった。しかし兄と母のような親子間のもやもやは、実は桐子の兄と母とのその二人が特別なものでなくて、どうも母親には長子を愛せないことがあるらしい、ということを桐子は後に偶然開いた書物で知ったのだが。

「長子」とは初めての子育てで親も不慣れであったり、下の子のあどけなさに比べて長子の言動が大人びて見えて癇に障ったりして、我が子なのに愛せないと苦しむ例はよくあるらしいと、その本にはあった。でも、桐子の母と兄がこのケースに入るかはわからないがと考えながら。そしてこの時、桐子は新たに、気になるくらい内省的だった母の内に彼女が置いてきてしまった子への懺悔が絶えずあり、無意識ではあっても桐子たちのように、自分の側にいられる子供たちへ一〇〇パーセント愛情を与えてはならないというような戒めが出来てしまっていたのかも、と思ったりもした。

そして両親を初め、恵まれて生まれ来た「男の子」の兄に、特に残した子と同じ「男の子」ということもあり、何となくではあっても重ねてしまい特に厳しく接することをしていたのかもと心当たりをいろいろに思い、納得したりした。

兄はよく母の期待に応えていた。母の家での立場とかも兄はよく察知していて自分の良い評価で母を助けようとした節もありそうだ。

子供にとって特に幼い頃は「母は全て」で、その母は嫁ぎ先の家では長く「余所者《よそもの》」であった。嫁とはそんな位置にいた。そして母その人の良し悪しは、「長男」である兄も多く担っていた。だから母の子である兄はずっと背伸びをし続けたのだと思う。学校の成績、行動面でも自慢の子であり、妹（私、桐子）の兄としても、時に、親の代わりのような頼りになる兄であった。

兄妹が幼い頃は大爺さま、大婆さま、その下の爺さま、婆さまがおられたので、この兄、妹は多分今、一般化していると思われる核家族で育つ子供たちの持つ鍵っ子問題からは解放されていたと思われるが、俗に言う過干渉、過保護、放任の中で育ったように思う。

親に頼れないと「自立」せざるを得なくなるが、親ばかりいる家では、自分で考えなくても何ともなく、毎日は過ぎてゆくものだ。そして、多くは自分に力があると勘違いして、その権力を振り回す「わがままな子供になる」というケースが時にある。

桐子は女の子だったので、周りからは先ずお嫁さんに行くというそれだけで育てられたように思う。だからか、桐子自身の持ち味かはわからないが、桐子には「競争心」が欠如していた。

高校生の頃、桐子は、級友で首に巻いた包帯のようなガーゼの下にキスマークがあると噂されていた彼女に「お人形」みたいねと言われ、美人とはとても言えない鏡の中に向かって「何」って睨んだ。そこには片目は二重でもう一方は少しまぶたが重いいつもの桐子がいた。そして思った。わたしの「お人形」は外見ではなく、行動がお人形さんなのだと。

その頃、桐子は自分でも、立っている自分の土台は立っているその足の、それだけの面積しかないような頼りなさを感じていたからだった。

桐子はずっと自分のことを精神的自立が出来ていない、それなのに生きている、大人たちの作った人形と評価してきた。不謹慎だが、その大人的大なる力の持ち主の母の「死」は、桐子に人形から人への道を一歩開いてみせたようだった。

それまでにも、その一歩をこころみようとあがいてみたことはあったが、いざとなると怖くて、ずっとその殻の中だけで息をしてきた。暗かった。一人旅を計画しても、不安感でいっぱいになり、旅に行ったはずなのに家に逃げ帰る頼りなさの中でモヤモヤしていたのが、桐子だった。桐子は今までと違う景色へと、自分自身の足でやっと踏み出そうとしていた。

このように人間としては足もとのしっかりとしてない桐子であったが、そしてそれは早い時期から彼女にも自覚があったが、一人前の感情だけで先走って生きていて、故に、他者から見たらいつまでもしあわせなお嬢さんでいた。

そんな桐子の思いは今、母と兄との間で留まったままでいた。

物腰もやわらかく、いつも静かだった母に道ならぬ恋へ突き進む情熱があったとは。桐子は、そこにとても行き着けない深さを感じ、唖然とするばかりだった。

でも桐子は後に、何より己の内にも同じそれを感じた時、限りなく納得せざるを得なかったのだった。

母の望みで、桐子は満六歳からピアノを習わされた。母はその頃には珍しい職を持つ自立した女性で、自分とピアノとの巡り合わせをとてもラッキーだと感じていたようだ。それで、この楽しさを愛娘にもとの思いから、桐子の意思も聞かずにその習いごとをピアノとしたのだと思う。自分の叶えられなかったピアニストという夢を娘に託した部分もあったのかもしれない。

それは母なりの考えではあったが、母自身が直接教えるのでなく、桐子には別の教師を頼んでピアノを習わせた。桐子はピアノに特に興味があった訳ではなく、習いたいという思いもなかったが、母に言われるままにピアノを習い、何の迷いもなくその道に進んだ。それには桐子に他人より秀でた音感とやらがあり、生まれ持った才があったからで、だから桐子はこれといったスランプもなく、比較的にスムーズに習い続けることが出来たと思う。

また母の教師としての「その生徒を見て」接するという指導が桐子にも発揮され、プロのコースへ追い込まなかったことが、桐子にとって良い結果になった。

だから桐子は、のんびりと楽しんでピアノの世界にいることが出来た。多分ライバルからは特異な存在だっただろうと桐子も思う。俗に言う競争心がなく、ある意味では欲がなくの桐子だった。必然と、音楽家への道などはとても無理だった。

それでも、決して安易なコースとは言えず希望者も多い、母と同じ音楽の先生の採用試験にパス出来た。桐子は本当に思う。天職に就けたと。そうはいっても、桐子は彼女に劣らない熱意の先生志望のライバルを退けた結果だと考えて、先生になってからは人一倍努力をした。

毎朝、職員室に最初に足を踏み入れるのは彼女だった。

教材研究も熱心に取り組み、母の後ろ姿を見習った。しかしこの時期の彼女には仕事だけでない出会いもあった。ときめく出会いも、彼女にはここであった。

新任教師として行った同じ職場の体育専科に、後のパートナーとなる嶋《しま》がいた。

嶋とは同じ専科で、生徒の受験と直に関係しない科目担当という立場で担任からも外れた位置という共通のものがあり、いつしか一緒にいることが多くなっていた。

やがて、仕事以外にもオフでもデートをするのが自然な関係になっていたように思う。桐子自身がそう思うのだから周りにも「そう」見えていたのだと思う。

ある日、授業と授業の合間で職員室にいた時次の授業クラスでの教材を見直し確認していた桐子に、社会科の補助の先生が近づいて来て、小声で世間話のように言った。

「嶋先生には婚約者がいるそうよ」

そしてまた、忙しそうに遠ざかっていった。

それはその数日前、少し年上の同僚からも忠告されていたことであったが、改めて桐子はその事実を思い、一瞬、頭が混乱した。

婚約者か。


出来るだけ心を落ち着かせようと仕事机の前を立って、一人になれる場まで歩いた。そして反芻してみた。

「バツイチ、バツニ恐れナシ」の時代、桐子の友人にもそんな話は珍しくなく、何人かが浮かぶ。

嶋に婚約者がいることが事実だとしても今、「友情」と、少しだけプラスの彼への気持ちである。婚約ごときでこの縁から退いていいのか。

嶋とのデート中、聞いたことが事実か、嫉妬していると思われないように、それとなく聞いた。嶋は親が決めているだけだと言った。桐子は何より自分の方から聞いたこと、そんな自分が嫌で、何より傍らの嶋を信じようと思った。そして、その内忘れ去った。桐子の内に「一人の人をずっと慕《おも》えるか。心は移りゆく。しがみつけば離れるような気がする」という思いがあった。

人生はなるようになる、自然に任せようと桐子は思った。

なるほど嶋には当時、婚約者がいたらしい。これは後に、夫婦となっての今でさえ二人の間の話題になっていない。

しかしそういうことは、なぜか知らせてくれる他人さまって方がいて、知ることになるらしい。桐子にはどうでもいいことだったが、ただ、誰かが自分の存在の為に悲しまなければならなかったということが事実だったと思うと落ち込んだ。それは母の秘密を知ってからより深く、考えさせられた。自分も母も少し投げやりで、深くは卑怯な生き方をしてきた。

そしてまた、この自然に任せるという無謀な精神も母ゆずりかもしれないと桐子は思ったのだ。母から聞いてはいないので何ともだが、子を深く受け止めずに、任せて捨てた母、そして流れのままに調べるとかをせず、配偶者を選んだ桐子には共通点があった。

横浜駅から桐子は久しぶりに東海道線に乗った。目的駅は平塚駅だ。兄という人の入院している病院の最寄りの駅だ。平塚駅は今までに何度も通過した駅ではあるが、降りるのは初めてだ。

降り立った時、きれいな青空だった。

健康な頃の兄の活動拠点は、愛知県名古屋市を中心とした範囲であった。母の実家はそのあたりに今もある。

兄は病状が末期となり、神奈川県平塚市にある末期療養専門ホスピスでケアの充実していることが売りのこの病院を自分の最終の場と決めたらしい。この病院は少し行けば海も緑もあり、そんなところも選んだ理由だと思う。

でも、その第一の思いは少しでも弟や妹と同じ地面、空気と、近くにいることを望んだ為だ。

目的の病院へ行く為に、桐子は買ったばかりの地図とスマホのアプリを頼りに歩き出した。

タクシーを考えてはきたのだが、あまりにも天気が良くてこんな中を歩かない人はいないと歩き出した。今、多分もう少し若ければ、スマホ案内だけで行くことが難なく出来るのかもしれない。が、桐子は今までスマホ案内でスムーズに目的地に行けたことがなく、お守り的に地図もバッグに入れた。

途中までは何となく目的地に向かっていると思えたが、やはりとバッグから地図を出し、確認しながら歩く。

川に沿って、近年温暖化で早まってきている桜が、ちょうど見頃には少し早めくらいかなとちらほら咲いている並木道を行く。この桜並木をずっと行くと、どうも目的地の病院らしい。桜はいつどこで見てもいい。日頃の運動不足を反省しながら、やっと歩いた感想《かん》じだった。

病院は近代的なビルだった。それでいて、なぜか安心感が持てるような雰囲気を放っていた。壁とか全体の色合いとか、周りに木々が多く植えられていて、よく手入れされているだろう色とりどりの草花も、午後の日差しの中で、ゆったりと揺れていた。

桐子にはまだ迷いがあった。しかしもうここまで来たからにはまな板の鯉の心境である。

受付を済ませ四階までエレベーターで、それから兄の病室の前まで歩いた。その部屋の前まで来た時、駅で買った花束を強く握りしめていた。兄の名前と部屋番号とを何度も確認してドアを押した。

幸い、そこには、桐子以外に見舞う者がいなかった。

初めてのはずなのに、血の繋がりとはこういうものかしら。桐子は家にいる兄とどこか重なる面影をそこに見た。すでに桐子の来院を待っていたと思える兄の目はやさしかった。

桐子は今日の天気の良さとか、桜の話をしながら、すでにあった花に代えて、買ってきた花を飾った。

桐子は花を置くと、じっとその人を見るのも失礼だし、でもそんな思いとは裏腹にすぐにベッドの側に立っていた。

「お手紙ありがとうございます」と言いしばらくただ立っていたようだ。

そして遠慮しながらであったが手荷物から自分が昨夜作ったゼリー菓子を出した。そしてパックの封を解いた。「食べられるかわからなかったのですが」と兄を見た。兄の目はうれしそうに輝いた。それで、さじを兄の手のひらにそっと置き、桐子自身とまどいながらであったが手を添えた。兄は和《にこ》やかにいた。そして共にゼリーを口に持っていった。兄は何度も口を動かし目を瞑り「ありがとうね」と言った。

この人には今まで、まさにいろいろあっただろう。でもここで今、兄妹が一緒に同じ空気を味わっているんだ。

桐子は、もしかしてこの人はこれで人生の最後が穏やかに迎えられるかもと傲慢的な感想を抱いた。

兄妹として共に育つことはなかったが、ただ、血が繋がっているという事実の空間にある浮遊した軽気球の中で、多分これが最初で最後の一語、一語で会話とも言えず、ありきたりの言葉で過ぎてしまっていたし、あまり行き交わすこともなく、なのに、この時二人の距離はぐっと近かった。


駅へ行くということは意識していたが、帰路の途中の道をどう来たか全く覚えていない。

本当にあの桜並木の下を歩いたのだろうか。気づくと、桐子はなぜか来た駅に立っていた。

そして理屈なく、ひとりでに出てくる涙を流れるままにしていた。そして駅舎内をせわしく行き交う多くの人たちの波の流れの中に視線を感じ、ハッとして、そして急いでその内《なか》の人となった。

# あとがき

最初に私の癖のある文章を丁寧に読んで、アドバイスをわかりやすく具体的に書いてくださった編集者の方々に深く感謝します。おかげで方向の軸を見失うことなく、何とか書けました。

この作品集への思いは、まえがきにも書きましたが「命」への思いです。そしてそれは、出会った二匹の猫がきっかけでした。そしてその二匹の猫とのストーリーから展開して書き進めた結果、作品の伏線に私の自分史があり、自分史を書くことの意味を知ることになりました。もしこのストーリーを書くことがなかったとしたら、私は自分の歩んできた軌跡を曖昧に、その生を終えることになったと思います。幼い頃からの私とペットとの関わりをずっと追った結果、霞んでいた自分史がそれなりではあっても見えてきたようです。多少だとしてもいろいろ思い出し、それはとても意義あることでした。作品ですが、時間をいただいて寝かせながら書くことの大切さを感じています。編集者の皆さま方に改めてお礼を申し上げます。

〈著者紹介〉
なつ野一五（なつの　いちご）
静岡県富士市生まれ、結婚後神奈川県に在住。
思い返せばわたしは幼い頃から「書くこと」が好きでした。誰からもその文章について褒められたことはありませんでしたが、好きだったから、わたしの手もとにはいつもペンとノートがありました。今、わかっていることは、もしわたしが無人島に行くとしたら、持ちものの中に必ず「筆記用具」を入れるだろうということです。

七《なな》つのショートしょーと

2023年12月15日　第1刷発行

著　者　　なつ野一五
発行人　　久保田貴幸

発行元　　株式会社 幻冬舎メディアコンサルティング
〒151-0051　東京都渋谷区千駄ヶ谷4-9-7
電話　03-5411-6440（編集）

発売元　　株式会社 幻冬舎
〒151-0051　東京都渋谷区千駄ヶ谷4-9-7
電話　03-5411-6222（営業）

印刷・製本　中央精版印刷株式会社
装　丁　　立石愛

検印廃止

Printed in Japan
ISBN 978-4-344-94601-9 C0093
幻冬舎メディアコンサルティングＨＰ
https://www.gentosha-mc.com/